《阅读中华经典》编委会

宋元话本

一白　沈文君　编著

纵观中外文学，似乎可以说，爱情婚姻是作家们关注最多、用笔最勤、被反复推敲、不断开掘的一个重要题材，而其中的名篇佳作，也往往最受读者的青睐。但也正是由于这一题材被作家们使用得如此频繁，所以后来的作家愈是要写好它就愈是不易。举凡那些传世名作，虽然写的是同一题材，但读来却绝无雷同或相似之感。因为它们不仅体现了作家们的全新体验和独特感受，而且还反映出了新的时代内容，表现了与此相应的独特艺术格调，而在他们提供的特异的艺术世界里，往往还贯注了新的思想因素，为世界文学画廊增添了具有自己独特风貌的人物形象。

【阅读中华经典】

主编　傅璇琮

副主编　黄道京　马晓乐

泰山出版社

图书在版编目（ＣＩＰ）数据

宋元话本/傅璇琮主编． —济南：泰山出版社，
2007.4 （阅读中华经典）
ISBN 978－7－80634－588－7

Ⅰ．宋… Ⅱ．傅… Ⅲ．话本小说—作品集—中
国—宋代—青少年读物②话本小说—作品集—中国—元
代—青少年读物 Ⅳ．I242.3

中国版本图书馆 CIP 数据核字（2006）第 138633 号

主　　编　傅璇琮
编　著　一　白　沈文君
责任编辑　冯文静
装帧设计　胡大伟

阅读中华经典

宋元话本

出　　版　泰山出版社
社　　址　济南市马鞍山路 58 号　邮编　250002
电　　话　总编室（0531）82023466
　　　　　发行部（0531）82025510　82020455
网　　址　www.tscbs.com
电子信箱　tscbs@sohu.com
发　　行　新华书店经销
印　　刷　山东海博印务有限公司
规　　格　150×228mm　16 开
印　　张　11
字　　数　113 千字
版　　次　2007 年 4 月第 1 版
印　　次　2016 年 1 月第 3 次印刷
标准书号　ISBN 978－7－80634－588－7
定　　价　18.00 元

序

傅璇琮

　　这套《阅读中华经典》，是打算将我国具有悠久历史而又绚烂多彩的古典文学作品系统地介绍给广大青少年，通过注释、今译和赏析，努力克服语言和文化知识方面的一些困难，让青少年能直接接触古典文学的精华，使他们从少年时代起就对我们伟大祖国的光辉文明有清晰的了解和深刻的印象。

　　广大青少年在当前改革、开放的新时期中，思想非常活跃。他们迫切需要了解社会、了解自身，他们希望了解世界的历史和现状，更希望了解中国的历史和现状。中国是一个文明古国，又处在变化发展十分强烈的当今世界中，青少年一定会从现实的千变万化、五光十色中来探索我们民族过去走过的道路，想了解这个有数千年历史的传统文化怎样给现实以投影。我们觉得，在这当中，古典文学会首先引起他们的注意和兴趣。

　　据说，多年前，北京有一所工科学院，它的专业与唐诗宋词没有多大关系，但学校却为学生开设了一门唐诗宋词的选修课，结果产生了原来预想不到的效果。学生们读完了这门课程，激发了爱国心和民族自豪感。他们知道世界上除了托尔斯泰、雨果、海明威之外，在我国历史上早就有了屈原、李白、杜甫、陆游、辛弃疾等许多非常伟大的文学家，早就有了无数优秀文学作品。这就向我们启示：在古典文学界，除了专门论著之外，还应做大量的普及工作。我们应当力求用通俗、生动、准确、优美的文笔，向广大群众、广大青少年介绍我国丰富的文学遗产，介绍我国数千年的历史长河中涌现出来的众多优秀作家、艺术家，介绍我国古代作品中的精品，使他们懂得我们民族的文学中自有它的瑰宝，足可与世界各国的文学相媲美，使他们开阔眼界，增长见识，提高文化素养和审美趣味。这对于培育爱国主义思想，加强对祖国和民族的热爱，提高道德情操，丰富精神文化生活，都会起很大的作用。列宁曾说过，只有用人类创造的全部知识财富来丰富自己的头脑，才能成为共产主义者。在一定的条件下，知识是可以转化成觉悟，转化成品格的。有着较高文化素养的人，对于正确与错误，高尚与卑鄙，善与恶，美与丑，更易于作出准确的价值选择。而文化素养中，文学是不可或缺的部分，它往往能在潜移默化、对世界美好事物的多方面领略和摄取中影响人的内心和精神面貌。这是文学的社会功能的特点，也可以说是它自己的规律，这是一种整体性的修养和培育。

　　这套《阅读中华经典》是我国古典文学启蒙读物，就是从上面所说的宗旨出发，一是介绍知识，二是提供对古典佳作的一种美的选择，美的品尝。如果广大读者特别是青少年能从中得到某些启发，从而有助于自身文化素养和情操的提高，这将是我们最大的满足。

　　这套读物是采取按时代编排的做法，远起上古神话，下及《诗经》、楚辞、先秦散文、秦汉辞赋、乐府古诗、唐诗宋词、元明清诗文及戏曲小说。这样成系统地类似于教材编写的做法，能否为大家接受？我们认为：第一，这是一次试验，我们想用这种大

宋元话本

剂量的做法来试试我们处于新时期中青少年的胃口和消化能力;我们对他们的接受能力和审美水平有充分的信心。第二,我们采取既有系统而又分册出版的办法,在统一编排中照顾到一定的灵活性,读者可以根据自己的爱好,选择自己感兴趣的一部分阅读,不必受时代先后的束缚,兴趣有了提高,可以逐步扩大阅读范围。第三,广大教师和家长们一定能给予正确的指导。目前,中小学语文课本中古典作品的分量不多,这套读物正好对此做必要的补充,青少年当可以在语文课之外获得更多的知识,而老师们和家长们的正确引导和指点,无疑会进一步消除阅读中的难点,从而提高阅读的兴趣。如果老师们和家长们能事先浏览,再进而做具体的帮助,则这套读物当更能发挥其系统化的优点。

对作品的注释,考虑到青少年读者的特点,将尽可能浅显,这是克服语言障碍的最基本一环。今译的目的,一是补充注释之不足,使读者对文意能有连贯的了解;二是增加阅读的兴味,使读者对原作的思想和艺术有一个整体的感受。另外,我们还尽可能帮助读者做一些分析,以有助于认识和欣赏作品的思想意义和艺术价值。同时,结合每一时期的文学发展和文体演变,我们还做了一些文学史知识介绍。这些介绍是想对学校教学因课时所限做若干辅助讲解,青少年如能对这些方面的知识有一个大致的掌握,对进一步了解古典文学的历史发展和不同风貌,一定会有较大帮助。

最后应当说明的是,参加这套读物选注工作的,大多是中青年作者。他们在繁忙的本职工作之余,从事于此,有时往往为找

宋元话本

到一个词语的正确答案跑图书馆翻书，找人请教，表现了认真负责的态度和普及文化知识的可贵热情。

　　另外，这套丛书能与广大青少年读者见面，是和泰山出版社的大力支持分不开的，他们为此付出了辛勤的劳动。在这里谨向他们表示深深的谢意！

前言

中国古典小说的发展，到了宋元时期，随着社会政治经济的发展变化和"说话"艺术的兴盛，出现了一种与其所表现的内容相适应的新的体裁——"话本"。话本小说的出现，正如鲁迅先生在《中国小说的历史的变迁》中所指出的："实在是小说史上的一大变迁。"这是我国古代最早的白话小说，它标志着我国古典小说的发展进入了一个新的时代，在文学史上起着承前启后、继往开来的重要作用。

文学史上这种新局面的出现，是有它的社会根源的。960年，陈桥兵变，赵匡胤夺取了后周政权，并逐步结束了五代十国的封建割据局面，完成了全国的统一，重新建立起一个中央集权的专制帝国。在北宋初期的几十年中，统治者在政治、经济上实行了一系列客观上有利于国计民生的改革，阶级矛盾有所缓和，农业生产很快地得到了恢复和发展，手工业和商业也随之发展繁荣起来。由于广大人民辛勤的劳动，生产力得到进一步的提高，社会上积累了大量的财富，呈现出一种和平、安定的形势。这一切又带来了城市的繁荣兴盛。北宋著名画家张择端的《清明上河图》，正是当时京城汴河两岸店铺林立、民众熙攘的繁华景象的真实写照。到了南宋，虽然民族矛盾、阶级矛盾更趋激烈尖锐，但商业和手工业仍是畸形地繁荣。随着手工业、商业经济的繁荣发展，城市人口的日益增加，市民队伍的不断扩大，也就要求有与之相适应的文化艺术生活。于是各种民间技艺都向城市会合,一些大中城市里普遍出现了供市民游乐的场所:"瓦舍"或"瓦子"。每个"瓦舍"又分若干座,分别表演歌舞、杂剧、诸官调、说话等民间技艺的"勾栏"。据孟元老的《东京梦华录》载,北宋时在汴京皇城东南角就有桑家瓦子、中瓦、里瓦等,其中大小勾栏五十余座。南宋的京城临安,据周密的《武林旧事》记载,就有瓦舍二十三处,其中最大的北瓦一处,有勾栏十三座。从北宋至南宋,乃至元代,在勾栏演出的各种民间技艺中,"说话"是颇受市民群众欢迎而又影响极大的一种。

所谓"说话"的"话",就是故事的意思,"说话"就是讲故事。"说话"的渊源很早,但据记载,职业性的、供市民娱乐的"说话"技艺则出现于唐代。唐代的佛寺里盛行俗讲和转变(变文),俗讲是僧侣们为了宣扬佛法,用通俗的语言向善男信女宣述经典和佛经中的故事;变文是将佛经中的故事用图画一幅幅地画出来,按图用通俗的语言和偈赞加以讲唱。在此基础上,又由佛教故事扩大到讲唱世俗的历史故事。今天能见到的如《汉将王陵变》、《张义潮变文》、《季布骂阵词文》、《秋胡小说》、《伍子胥变文》、《昭君变》、《舜子至孝变》等等,就是这类俗讲的底本,其中许多都与佛经的内容无关。由于这类讲唱深受群众欢迎,便继续发展而自成体系,于是,这种演唱故事的方式渐渐地走出寺院,扩大到宫廷、市集和士大夫的家庭。例如郭湜的《高力士外传》中,就记述有高力士与太上皇玄宗以"讲经、论议、转变、说话"作消遣。元稹在《酬翰林白学士代书一百韵》一诗中"光阴听话移"句下自注:"又尝于新昌宅说《一枝花话》,自寅至巳,犹未毕词也。"《一枝花话》就是传奇《李娃传》的故事。段成式《酉阳杂俎》续集《贬误篇》中,提到了听"市人小说"。这些记载都说明唐代不仅寺院，而且宫廷、市集和士大夫家中都已有讲唱通俗故事的现象，早已为宋代话本小说的兴起准备了条件。

宋元"说话"，正是在上述这种社会政治、经济及文化的基础上发展和兴盛起来的。它既有其深刻的社会原因，又直接继承了唐代"说话"和"俗讲"以及其他讲唱文学的传统，并在新的历史条件下获得新的发展。

据《东京梦华录》、《都城纪胜》、《梦粱录》、《武林旧事》以及《醉翁谈录》等书记载，"说话"这种技艺，发展到宋代，不仅"说话"的艺人已经专业化，而且，由于"说话"技艺的发展和提高，分工也越来越细，逐步走向了专门化。当时因"说话"的内容和形式以及艺人们各自的专长不同，已分成四大家数（门类）："小说"、"讲史"、"说经"、"合生"。其中又以"小说"和"讲史"最为重要。"讲史"主要讲说历史上兴废成败、争战权谋的故事，大多取材于历代正史，并增入民间传说，篇幅一般较长，其底本大多就是现代人所说的长篇小说："小说"则既说古代的故事，又说取材于现实生活的故事，而更多的是后者。篇幅一般较短，其底本大多就是现代人所用的文字底本，都称为"话本"。不过由于种种原因，后人习惯于将"讲史"的长篇小说底本称为"平话"，如《三国志平话》、《五代史平话》。而"话本"，严格讲，应该是"小说话本"或"话本小说"。

"小说"和"讲史"的区别，不仅在于篇幅的长短，还在于题材的广狭。"讲史"专讲历史故事，而"小说"则几乎什么题材都有，它内容新鲜活泼，形式又短小精悍，特别是能够直接反映当代的市民社会生活，所以它比"讲史"更受群众的欢迎，"小说"艺人也比"讲史"艺人更多。从现在所保存的形式上，都已形成具有我国民族特色的、比较成熟的白话短篇小说。下面我们就总括介绍一下宋元话本小说的思想意义和艺术特点。

话本小说是市民阶层的文艺。它反映了市民的生活和思想。话本小说中最优秀的作品多数是以市民人物为主角的,描写了他们的生活和命运。虽然有一部分话本讲的是历史故事或传奇故事,可是也渗入了不少市民的意识,反映了他们的思想和感情,表达了他们的要求和愿望。

在宋元时代的封建社会里,市民阶层是一个新兴的社会力量。市民这个概念很广泛,大致可以包括手工业工人、商人、小企业主和一般的城市居民。像本书所选的《崔待诏生死冤家》中的碾玉工人崔宁、裱褙匠的女儿璩秀秀,《十五贯戏言成巧祸》中的卖丝客人崔宁、弃儒从商的没落知识分子刘贵和他的小娘子——陈卖糕的女儿二姐,《宋四公大闹禁魂张》里的偷儿宋四公、赵正等等,这些人物从前都是文学作品中没有什么地位的"小人物",现在却成了话本小说中的主人公,这本身在文学的历史上就是一个新现象。由于市民阶层在封建社会里是与历史发展方向相一致的最有前途的新兴的社会力量,所以作品的上述内容在当时也就显得具有进步意义。

宋元小说里相当广泛地反映了人民群众和封建统治阶级之间的斗争。许多优秀的话本小说真实地再现了当时广阔的社会现实生活,揭露和控诉了封建统治阶级的凶恶残酷和封建官僚机构的腐败黑暗,同情和赞扬了劳动人民的反抗和斗争。如本书所选的《崔待诏生死冤家》、《十五贯戏言成巧祸》以及《宋四公大闹禁魂张》等,都是这方面具有代表性的作品。《十五贯戏言成巧祸》暴露了封建官吏用想当然的官僚主义态度错判官司、草菅人命;《崔待诏生死冤家》揭露了封建社会上层统治集团人物咸安郡王的残酷擅杀;而《宋四公大闹禁魂张》则赞扬了下层人民的智慧、勇敢和反抗精神,嘲笑和鞭挞了封建统治者的贪婪刻薄和愚蠢无能。反映上述思想内容的作品,还有《错下书》(即本书所选的《简贴僧巧骗皇甫妻》)、《错认尸》、《错勘赃》等,也都是通过种种冤假错案,揭露封建统治者的昏庸腐朽和社会风气的黑暗堕落。

在宋元话本小说中,以爱情婚姻为主题的作品数量较多,其中一些优秀的作品,一方面,继承了我国古典文学中反对封建束缚,歌颂自由追求的战斗传统;另一方面,又由于时代和作者的不同,使它们都具有新的特色。《崔待诏生死冤家》、《闹樊楼多情周胜仙》(《醒世恒言》卷一四)等篇,都是这方面的代表。封建道德极力主张"男女授受不亲",婚姻必须由父母作主,而且必须门当户对,这无情地扼杀了青年男女对爱情和婚姻自由的追求。而这些作品却肯定了青年男女有自由恋爱的权利。无论是璩秀秀还是崔宁(《崔待诏生死冤家》),也无论是周胜仙还是范二郎(《闹樊楼多情周胜仙》),他们一旦彼此爱慕,就不再把束缚他们的封建道德放在眼里,甚至死神也不能阻止他们相爱:璩秀秀不幸遭到咸安郡王的杀害,但仍然坚持她对崔宁的爱情;周胜仙死在阴曹地府,却还要与范二郎在梦中幽会。生可以死,死可以复生,这就是从炽热的爱情和理想愿望的追求中产生出来的强大力量。这些作品从不同的角度描绘了青年男女敢于向封建礼教挑战,渴慕和追求自由恋爱,愤怒抨击了封建势力对他们的迫害。在这类作品中,封建道德在爱情和婚姻方面所加给青年男女的桎梏,遭到了作品主人公的大胆冲击,而这种冲击显然是被当做值得称赞或同情的行为来描绘的。在这里，作品通过艺术形象表现了这样的思想：人们在权利压迫下为了自己的幸福而自由地恋爱，这种对幸福的追求是合理的，并且是扼杀不了的。很清楚，这种观点是跟封建道德相对立，也跟那一时期作为统治思想的理学所提倡的禁欲主义相对立的。

与爱情、婚姻问题经常联系在一起的，是妇女问题。在封建社会里，妇女是压在社会最底层的。她们受压迫最深，反抗的要求也最强烈。宋元话本小说中不少作品，都在不同程度上赞美或同情妇女的反抗，有的甚至就妇女问题提出了一种与封建道德相违异的伦理观念。本书中的《快嘴李翠莲记》，就塑造了一个刚强的女性形象——李翠莲，她为了捍卫自己说话的权利，勇敢地承受了被休弃的可怕命运。并始终没有向封建道德屈服，最后毅然走上了与封建道德传统相决裂的反抗道路。作品通过这一富有反抗精神的妇女形象，对"三纲五常"、"三从四德"等封建道德观念提出了大胆的挑战，使作品具有鲜明的战斗性和深刻的现实意义。又如《警世通言》卷一六《小夫人金钱赠年少》中的小夫人，原是王招宣府里的侍妾，因失宠，被转嫁给六十多岁的钱铺富商张员外。她内心十分痛苦，不甘心依附于一个风烛残年的老头子，于是爱上了店里的主管张胜，并主动去追求他。在她死去以后，鬼魂还是去追寻他。就封建道德来说，女人是"嫁鸡随鸡，嫁狗随狗"，妇女必然无条件地、片面地成为男子的忠实奴隶，对丈夫的不忠乃是一种不可宽恕的罪行。但在这篇作品中，对小妇人的不幸遭遇和她为了摆脱这种生活的热烈追求，显然是用同情的笔触来描写的。这就是大胆地提出了一种多少具有人道主义性质的道德观念，具有一定的民主性。

宋元时代，是我国封建社会民族矛盾比较尖锐激烈的时期，在话本小说中，这方面的内容也有一定程度的反映。如本书所选的《杨思温燕山逢故人》，就是一篇饱含着在民族压迫下对于故国家乡的哀思之情的作品。作品一开始就写由于金人南侵，杨思温被迫流寓在金邦的燕山（今北京），元宵节观灯时，一样的鳌山月色、宝烛华灯，但是江山却已易主。整篇作品笼罩着一种"亡国之音哀以思"的凄楚酸辛气氛。作品的女主人公郑意娘，也是因靖康之难为金兵所虏，不愿屈从金将撒八太尉，悲愤自缢，是个流落异乡之鬼。她日夜思念故国亲人，要求把她的骨灰匣送回家乡安葬。国破家亡，感慨万千。可以想见，无论是对于屈辱于外族的南宋政权下的民众，或是对于身处元代异族统治下的人们，这篇作品中的郑意娘的形象，以及作品中所流露出来的不满于异族统治的情绪，都会在一定程度上引起共鸣的。又如《喻世明言》卷三九的《汪信之一死救全家》一篇，也曲折地反映了宋元时期人民要求恢复中原的强烈愿望。在对主人公汪革（即汪信之）悲剧结局的描写中，流露出对这位具有民族意识的爱国志士的深切同情，批判了南宋王朝的卖国罪行。

当然，宋元话本小说也不可避免地有它思想内容上的局限。部分作品表现出明显的消极、反动的倾向。即使是一些比较优秀的作品，也往往夹杂着不少落后的成分。这是由于当时市民阶层比较复杂，他们的政治经济地位决定了他们对封建统治阶级既有不满和反抗，又不能不依附和屈从；同时，也由于统治阶级的思想就是统治的思想，封建的思想意识必然要从话本小说中来，再加上"说话人"和话本小说的整理者各自有不同的出身、修养和思想状况，所以在这些作品中，虽有冲击封建道德的一面,但也存在不少宣扬封建道德的说教;有批判封建政治的一面,也有许多对于封建制度的幻想和美化的内容;还有一些迎合市民阶层的比较庸俗、低级的艺术趣味的描写,等等。至于因果报应和鬼神迷信,在多数作品中普遍存在,这又和作品当时的自然科学和人文科学的发展水平有关。本书所选各篇,都是宋元话本小说中的名篇佳作,但尽管如此,我们在后面分析各篇作品思想内容的【帮你读】中,既充分肯定了每篇作品的思想意义上的积极一面,也注意指出了其中的缺陷和消极之处,以期使青少年读者能更好地批判继承祖国优秀的传统文化遗产。

　　宋元话本小说在艺术上的成就也很值得我们重视。在我国小说史上,运用现实主义创作方法来再现生活的传统,从宋元话本小说开始有了新的突破。比较优秀的话本小说,不但能生动地描绘人物的对话、动作和心理状态,"不务装点,而情态反如画"(鲁迅《中国小说史略》),并且能比较成功地塑造出一批近代文学创作领域内未曾有过的新的人物形象,特别是一部分女性的形象。这些人物不一定是什么英雄,往往只是生活在市井巷陌的小人物,像《十五贯戏言成巧祸》中的刘贵和陈二姐,《崔待诏生死冤家》中的崔宁和璩秀秀,《宋四公大闹禁魂张》中的宋四公、赵正、侯兴等,大都是城市中的中下层市民。然而由于说话人最熟悉他们的生活,他们的思想性格,所以能栩栩如生地刻画出这些真实的人物形象,塑造出一些既有共性,又有鲜明个性的艺术典型。

　　话本小说既然是由"说话"演变而来,那么说话艺人为了便于讲述,使听众易于接受,又能紧紧抓住听众的注意力,所以,大都巧于编织故事,安排情节。既使故事脉络清楚,线索分明,有头有尾，又使故事情节曲折离奇，能引人入胜。这样，也就形成了话本小说艺术上的另一重要特色，即把作品中的环境描写、人物性格的刻画和故事情节的发展有机地结合起来，使整个作品"讲论处于不滞搭、不絮烦；敷衍处有规模、有收拾。冷淡处提掇得有家数，热闹处敷演得越久长"，情节曲折丰富，故事生动，性格鲜明突出。这一特点在本书所选各篇中，都有不同程度的体现，我们这里就不再举例说明了。

另外，宋元话本小说可以说是我国最早的比较成熟的白话小说。"话须通俗方传远"，这是宋元时期说话艺人总结出来的一条重要的艺术经验，由此使得话本小说在语言运用上发生了一场巨大的变革，它不再使用那种脱离口语的典雅的文言，而是在民间口语、谚语和修辞技巧的基础上，吸收了一些文言的成分，提炼出一种新的文学语言。无论是叙事写景、抒情状物，还是刻画人物性格，都达到了生动活泼、简洁明快、色声俱备、惟妙惟肖的地步。

宋元话本小说对后代文学的发展有深刻的影响。正是在此基础上，明清时期相继出现了大批出自文人之手的"拟话本"创作，形成了我们古典白话小说创作的繁荣局面。本书所选话本摘自明朝文学家冯梦龙编纂的《警世通言》、《醒世恒言》、《古今小说》，及明朝文学家洪楩编印的《清平山堂话本》。书中收录了宋、元、明三代的话本和小说，保存了话本的本来面目，可以看到宋元以至明初小说家话本的各种体制和风格，是研究中国小说史的重要资料。

宋元话本

阅读中华经典

目录

宋元话本

崔待诏生死冤家

《警世通言》

山色晴岚景物①，暖烘回雁起平沙②。东郊渐觉花供眼，南陌依稀草吐芽③。　　堤上柳，未藏鸦，寻芳趁步到山家④。陇头几树红梅落⑤，红杏枝头未着花⑥。

这首《鹧鸪天》说孟春景致⑦，原来又不如《仲春词》做得好：

每日青楼醉梦中⑧，不知城外又春浓。杏花初落疏疏雨，杨柳轻摇淡淡风。　　浮画舫⑨，跃青骢⑩，小桥门外绿阴笼。行人不入神仙地⑪，人在珠帘第几重⑫？

这首词说仲春景致，原来又不如黄夫人做着《季春词》又好⑬：

先自春光似酒浓，时听燕语透帘栊⑭。小桥杨柳飘香絮，山寺绯桃散落红⑮。　　莺渐老，蝶西东，春归难觅恨无穷⑯。侵阶草色迷朝雨⑰，满地梨花逐晓风⑱。

这三首词，都不如王荆公看见花瓣儿片片风吹下地来⑲；原来这春归去，是东风断送的；有诗道：

春日春风有时好，春日春风有时恶。

不得春风花不开，花开又被风吹落。

苏东坡道⑳："不是东风断送春归去，是春雨断送春归去。"有诗道：

> 雨前初见花间蕊，雨后全无叶底花。
>
> 蜂蝶纷纷过墙去，却疑春色在邻家。

秦少游道㉑："也不干风事㉒，也不干雨事，是柳絮飘将春色去。"有诗道：

> 三月柳花轻复散，飘飏澹荡送春归㉓。
>
> 此花本是无情物，一向东飞一向西。

邵尧夫道㉔："也不干柳絮事，是蝴蝶采将春色去。"有诗道：

> 花正开时当三月，蝴蝶飞来忙劫劫㉕。
>
> 采将春色向天涯，行人路上添凄切。

曾两府道㉖："也不干蝴蝶事，是黄莺啼得春归去。"有诗道：

> 花正开时艳正浓，春宵何事恼芳丛㉗？
>
> 黄鹂啼得春归去，无限园林转道空。

朱希真道㉘："也不干黄莺事，是杜鹃啼得春归去。"有诗道：

> 杜鹃叫得春归去，吻边啼血尚犹存㉙。
>
> 庭院日长空悄悄，教人生怕到黄昏㉚。

苏小小道㉛："都不干这几件事，是燕子衔将春色去。"有《蝶恋花》词为证㉜：

> 妾本钱塘江上住㉝，花开花落，不管流年度㉞。燕子
> 衔将春色去，纱窗几阵黄梅雨㉟。　　斜插犀梳云半
> 吐㊱，檀板轻敲㊲，唱彻《黄金缕》㊳。歌罢彩云无觅处㊴，
> 梦回明月生南浦㊵。

王岩叟道㊶："也不干风事，也不干雨事，也不干柳絮事，也不干蝴蝶事，也不干黄莺事，也不干杜鹃事，也不干燕子事；是九十日春光已过，春归去。"曾有诗道：

怨风怨雨两俱非，风雨不来春亦归。

腮边红褪青梅小⑭，口角黄消乳燕飞⑮。

蜀魄健啼花影去⑯，吴蚕强食柘桑稀⑰。

直恼春归无觅处，江湖辜负一蓑衣⑱！

说话的因甚说这春归词⑲？绍兴年间⑳，行在有个关西延州延安府人㉑，本身是三镇节度使咸安郡王㉒。当时怕春归去，将带着许多钧眷游春㉓。至晚回家，来到钱塘门里㉔，车桥前面㉕。钧眷轿子过了，后面是郡王轿子到来。只听得桥下裱褙铺里一个人叫道㉖："我儿出来看郡王！"当时郡王在轿里看见，叫帮窗虞候道㉗："我从前要寻这个人，今日却在这里！只在你身上，明日要这个人入府中来。"当时虞候声诺㉘，来寻这个看郡王的人，是甚色目人㉙？正是：

尘随车马何年尽？情系人心早晚休㉚。

只见车桥下一个人家，门前出着一面招牌，写着"璩家装裱古今书画"。铺里一个老儿，引着一个女儿，生得如何？

云鬓轻笼蝉翼㉛，蛾眉淡拂春山㉜。朱唇缀一颗樱桃㉝，皓齿排两行碎玉㉞。莲步半折小弓弓㉟，莺啭一声娇滴滴㊵。

便是出来看郡王轿子的人。虞候即时来他家对门一个茶坊里坐定，婆婆把茶点来㊶，虞候道："启请婆婆，过对门裱褙铺里，请璩大夫来说话㊷。"婆婆便去请到来。两个相揖了就坐，璩待诏问㊸："府干有何见谕㊹？"虞候道："无甚事，闲问则个㊺。适来叫出来看郡王轿子的人㊻，是令爱么㊼？"待诏道："正是拙女㊽，止有三口。"虞候又问："小娘子贵庚㊾？"待诏应道："一十八岁。"再问："小娘子如今要嫁人，却是趋奉官员㊿？"待诏道："老拙家寒[51]，那讨钱来嫁人⑯？将来也只是献与官员府第。"虞候道："小娘子有甚本事？"待诏说出女孩儿一件本事来，有词寄《眼儿媚》为证⑰：

> 深闺小院日初长，娇女绮罗裳。不做东君造化，金针刺绣群芳⑱。　　斜枝嫩叶包开蕊⑲，唯只欠馨香。
>
> 曾向园林深处，引教蝶乱蜂狂⑳。

原来这女儿会绣作。虞候道："适来郡王在轿里，看见令爱身上系着一条绣裹肚㉑。府中正要寻一个绣作的人，老丈何不献与郡王㉒？"璩公归去与婆婆说了，到明日写一纸献状㉓，献来府中。郡王给与身价㉔，因此取名秀秀养娘㉕。

讲一讲

本篇原载《警世通言》卷八，并注："宋人小说，题作《碾玉观音》。"

《警世通言》是明朝末年冯梦龙搜集、整理、编纂的短篇白话小说集。全书共四十卷，收录小说四十篇，初刊于明天启四年（1624年），与冯氏刊行的《喻世明言》（天启元年初刊时名《古今小说》）、《醒世恒言》合称为"三言"。"三言"所收的作品，既有宋元时人的旧作，也有明代人包括冯氏本人的拟作，但文字大都经过他的统一加工和润色。

冯梦龙，字犹龙，别号龙子犹、茂苑野史、顾曲散人、墨憨斋主人等，长洲（今江苏吴县）人。曾任寿宁知县，是明末著名的通俗文学家。他除编纂"三言"外，还编有民歌集《挂枝儿》、《山歌》，散曲集《太霞新奏》，改写长篇小说《平妖传》、《新列国志》，创作传奇剧本《双雄记》，并修改汤显祖、李玉等人作品多种，编定《墨憨斋定本传奇》等。

① 晴岚（lán）：晴日山中的雾气。

② 回雁：回程的大雁。大雁秋天时从北方飞往南方，到春天时则又返回北方。

③ 陌（mò）：田间的小路。这里的"南陌"与上句的"东郊"对称，指城南郊外的路边。

④ 趁步：信步，漫步。山家：山野居住的人家。

⑤ 陇：同"垄"。田地分界的土堆，田埂。

⑥ 这句是说杏树枝头尚未开花。这首词抄自《全宋词》卷二九九。

⑦ 《鹧鸪天》：词调名。下文《仲春词》、《季春词》也是用的这个词调。孟春：古时候用孟、仲、季三个字来指排行次序。孟：始；孟春：农历正月。促：中；仲春：农历二月。季：末；季春：农历三月。

⑧ 青楼：过去有两义，一是指显贵人家的闺阁；二是指妓院。这里用的是后一义。

⑨ 画舫（fǎng）：装饰华丽的游船。

⑩ 青骢（cōng）：青白色相杂的马。

⑪ 神仙地：这里亦指妓院。

⑫ 人：这里指妓女。珠帘：用珍珠缀饰的帘子。

⑬ 黄夫人：名孙道绚，号冲虚居士，夫家姓黄，南宋初年的女词人。

⑭ 燕语：燕子的鸣叫声。牕：窗。

⑮ 山寺：山中的寺庙。绯桃：开满红花的桃树。落红：落花。

⑯ 觅：寻找。

⑰ 侵阶：渐渐爬满台阶。朝雨：早晨的雨。

⑱ 晓风：早晨的风。这首词抄自《全宋词》卷二九一。

⑲ 王荆公：即王安石（1021～1086），字介甫，号半山，北宋临川（今属江西）人。宋神宗时为相，封为荆国公，所以人们尊称他"王荆公"。曾主持变法，是北宋中期著名的政治家和文学家。有《临川集》。

⑳ 苏东坡：即苏轼（1036～1101），字子瞻，号东坡居士。北宋眉山（今属四川）人。宋神宗时曾做过杭州知府。能文能诗，工书善画，是我国古代著名的文学家。有《东坡文集》。下文所引的诗是晚唐诗人王驾的作品，并非苏轼所作。话本小说中称引前人诗词，常常是信手拈来，张冠李戴，不可视为真实凭据。

㉑ 秦少游：即秦观（1049～1077），字少游，又字太虚，号淮海居士。北宋著名词人，苏门四学士之一。有《淮海集》。

㉒ 不干：不关。

㉓ 飘飏澹荡：形容柳花舒缓飘扬的样子。

㉔ 邵尧夫：即邵雍（1011～1077），字尧夫，北宋时理学家。精研图书先天象数之学。所居名"安乐窝"，自号安乐先生。

㉕ 劫劫：同汲汲，忙碌的样子。

㉖ 曾两府：一般来说，"两府"就是宰相，宋代宰相兼管东西两府（东府即中书省，主管政务；西府即枢密院，主管军事）的事务，所以叫做"两府"。宋代的曾布、曾肇、曾公亮都做过宰相，不知这里指的是哪一位。另外，也有把"枢密并直太尉"叫做"两府"的，如下刘两府就是指曾任过枢密并直太尉的刘锜。

㉗ 何事：为何事，为什么。

㉘ 朱希真：宋代文学家朱敦儒，字希真，宋代建康人。朱将

仕的女儿也叫做朱希真,这两个人都写词,不知这里指的是哪一个。

㉙ 吻边:嘴边。杜鹃鸟又名杜宇、子规。相传为古代蜀王杜宇之魂魄所化。春末夏初,常昼夜悲啼,其声哀切,啼至血出乃止。

㉚ 生怕:深怕,惟恐。

㉛ 苏小小:南齐时杭州名妓。下面的《蝶恋花》词是宋代秦觏补足的唐代司马才仲的"梦中词"。传说司马才仲的"梦中词"是他在梦中听到苏小小唱的。

㉜ 《蝶恋花》:词调名。

㉝ 妾:这里是旧时女子自称的谦词。钱塘江:浙江(江名)的下游称钱塘江。

㉞ 流年:光阴,年华。因易逝如流水,故称流年。度:流逝,度过。

㉟ 黄梅雨:江南地方,农历四五月间多雨,恰值梅子成熟,故俗称黄梅雨。

㊱ 犀梳:犀牛角制成的梳子。云半吐:乌云一般的鬓发一半露在梳外。

㊲ 檀板:檀木制成的拍板。

㊳ 唱彻:唱遍。《黄金缕》:词牌名,即《贺新郎》。

㊴ 彩云:这里喻指歌女。

㊵ 南浦:《楚辞·九歌·河伯》中有这样的话:"子交手兮东行,送美人兮南浦。"江淹的《别赋》中也说:"这君南浦,伤如之何。"后来便以南浦泛指送别之处。

㊶ 王岩叟:字彦霖,北宋哲宗(赵煦)时人,曾为侍御史,为官

刚正,曾连上数十疏,论宰相蔡确的罪状。

㊷ 腮边红褪:比喻花瓣落尽。褪:凋谢;减色。

㊸ 口角:嘴边。乳燕:幼燕。

㊹ 蜀魄:即杜鹃。参看注㉘

㊺ 吴蚕:吴地盛养蚕,因称良蚕为吴蚕。柘(zhè):亦名黄桑,桑科植物,叶可饲蚕,皮可作染料,叶和根皮均可作药。

㊻ 一蓑(suō)衣:一渔翁。这里是诗人自指。

㊼ 说话:即说书。旧时艺人在庙宇、茶肆中讲史或说故事,俗称为说书。说话的,即说书的。因甚:为什么。甚,什么。

㊽ 绍兴:宋高宗(赵构)的年号(1131~1162)。

㊾ 行在:古代称皇帝巡行、出游时的临时住地为"行在"。在这里实际是指南宋的都城临安(今浙江杭州),不过为了表示没有忘掉失陷了的故都汴京(今河南开封),所以称之为"行在",表示是临时的都城。关西延州延安府:在今陕西延安市。

㊿ 三镇节度使:兼领三个镇的节度使。节度使,官名。唐代为了防御外来侵略,最初在边疆设置节度使,后来在内地也设了节度使。一切军民政务、用人、理财,节度使都可自主。宋代鉴于唐代节度使的权势太大,容易造成地方割据,于是免去了兵权,从此节度使就成了虚衔。咸安郡王:是南宋抗金名将韩世忠的封爵,后又加镇南、武安、宁国三镇节度使。秦桧当权后,收其兵权,从此口不谈兵,隐居西湖,常携酒骑驴,悠游湖上。

(51) 将带:携带,率领。有的时候省略做"将"。钧眷:对官员或别人家属的尊称。

(52) 钱塘门:杭州城西门之一。

(53) 车桥:杭州旧桥名,故址即今杭州市小车桥。

(54) 裱褙铺：装裱字画的店铺。

(55) 帮窗虞候：虞候是宋朝军校的一种，掌禁卫。当时高级的武官，往往以虞候为随从人员。帮窗：即近窗，指在贵官出行时车轿旁边跟随侍候的人。

(56) 声诺（rě 惹）：即唱喏。古代男子向人行礼时，一面作揖，一面口中"喏"、"喏"连声，叫做"唱喏"。这是古代表示敬意的一种礼俗。

(57) 甚色目人：哪一类人。色目：种类名目，这里指身份。又简称"色"，如"诸色人等"。

(58) 早晚：多早晚，何时。

(59) 这句是形容乌云般的鬓发像蝉的翅膀一样轻薄缥缈。

(60) 蛾眉：蚕蛾的触须，弯曲而细长，如人的眉毛，故旧时文人用以比喻女子长而美的眉毛。春山：春色点染之山容。因其色黛青，所以旧时文人多用以比喻女人的眉色。

(61) 这句是形容红红的嘴唇像樱桃一样鲜艳红润、小巧动人。

(62) 这句是形容洁白的牙齿像两行晶莹的玉石。

(63) 莲步半折（zhǎ）：形容脚步很小。古代称女子的小脚为金莲。《南史·齐东昏侯纪》："又凿金为莲花以贴地，令潘妃行其上，曰：'此步步生莲华（花）也'"。折：拇指与食指伸直间的长度，两"折"一尺，"半折"不足三寸。小弓弓：是指缠足女子的小脚如弓形。

(64) 这句是形容女子的声音像黄莺鸣叫一样清脆可爱。

(65) 把茶点来："点茶"就是"泡茶"的意思。宋代常用木樨、芝麻、薰笋、胡桃、松子、瓜仁等和茶叶掺在一起用汤（开水）泡着喝。

⑥⑥ 大夫：本是官员，这里用做对手工艺人的敬称。这种用官职专名做通称的情况在宋代是很少见的，如茶役叫做"茶博士"，酒保叫做"酒博士"。

⑥⑦ 待诏：原是翰林院官职名。这里是对手艺人的尊称，意思是说他技术高明，皇帝会随时找他去工作。参看上注。

⑥⑧ 府干：对官府差役或富贵人家仆役的敬称。见谕：吩咐，指教。

⑥⑨ 则个：表示动作正在进行着的语助词，亦作"者个"、"这个"。"闲问则个"就是"随便打听打听"的意思。

⑦⑩ 适来：刚才。

⑦① 令爱：对对方女儿的尊称。

⑦② 拙女：对自己女儿的谦称。"拙"有粗劣、笨拙的意思，古人常用作谦词。

⑦③ 小娘子：唐宋以来对年轻妇女的通称。庚：年龄。

⑦④ 却：还，还是。趋奉：这里是伺候、服侍的意思。"趋奉官员"指献给官员府第作养娘之类。

⑦⑤ 老拙：对自己的谦称。家寒：家境贫寒。

⑦⑥ 讨：寻觅。

⑦⑦《眼儿媚》：词调名。又名《小阑干》、《东风寒》、《秋波媚》等。词寄《眼儿媚》，指用《眼儿媚》词调来填词。

⑦⑧ 不做东君造化，金针刺绣群芳：这两句是说，虽然不是春神化育万物，却能绣出百花。东君：春神。造化：此指生长万物。

⑦⑨ 包开蕊：已开的花苞。

⑧⑩ 引教：使得。

⑧① 裹肚：围裙、腰巾。用来系在胸前衣服外面的，又叫围腰

儿、兜肚。

⑧ 老丈：对男姓老者的敬称，如同老大爷。

⑧ 献状：供献女儿的笔据，实即卖身契。

⑧ 身价：卖身钱。

⑧ 养娘：宋人语。一般作为婢女的名称，但也有呼乳母为养娘的。

不则一日①，朝廷赐下一领团花绣战袍，当时秀秀依样绣出一件来。郡王看了欢喜道："主上赐予我团花战袍，却寻甚么奇巧的物事献与官家②？"去府库里寻出一块透明的羊脂美玉来，即时叫将门下碾玉待诏问③："这块玉堪做甚么？"内中一个道："好做一副劝杯④。"郡王道："可惜！恁般一块玉⑤，如何将来只做得一副劝杯⑥！"又一个道："这块玉上尖下圆，好做一个摩侯罗儿⑦。"郡王道："摩侯罗儿只是七月七日乞巧使得⑧，寻常间又无用处⑨。"数中一个后生⑩，年纪二十五岁，姓崔名宁，趋事郡王数年⑪，是升州建康府人⑫；当时叉手向前⑬，对着郡王道："告恩王：这块玉上尖下圆，甚是不好，只好碾一个南海观音⑭。"郡王道："好！正合我意！"就叫崔宁下手，不过两个月，碾成了这个玉观音。郡王即时写表进上御前⑮。龙颜大喜⑯。崔宁就本府增添请给⑰，遭遇郡王⑱。

不则一日，时遇春天，崔待诏游春回来，入得钱塘门，在一个酒肆⑲，与三四个相知方才吃得数杯⑳，则听得街上闹吵吵，连忙推开楼窗看时，见乱哄哄道："井亭桥有遗漏㉑！"吃不得这酒成，慌忙下酒看时，只见：

　　初如萤火，次若灯光。千条蜡烛焰难当㉒，万座糁盆敌不住㉓；六丁神推倒宝天炉㉔，八力士放起焚山火㉕。骊山会上，料应褒姒逞娇容㉖；赤壁矶头，想是周郎施妙策㉗。五通神牵住火葫芦㉘；宋无忌赶番赤骡子㉙。又不曾泻烛浇油，直恁的烟飞火猛㉚！

　　崔待诏望见了，急忙道："在我本府前不远！"奔到府中看时，已搬挈得罄尽㉛，静悄悄地无一个人。崔待诏既不见人，且循着左手廊下入去。火光照得如同白日，去那左廊下，一个妇女摇摇摆摆从府堂里出来，自言自语，与崔宁打个胸斯撞㉜。崔宁认得是秀秀养娘，倒退两步，低声唱个喏。原来郡王当日尝对崔宁许道："待秀秀满日㉝，把来嫁与你。"这些众人都撺掇道㉞："好对夫妻！"崔宁拜谢了，不则一番㉟。崔宁是个单身，却也痴心；秀秀见恁地个后生㊱，却也指望。当日有这遗漏，秀秀手中提着一帕子金珠富贵㊲，从左廊下出来，撞见崔宁，便道："崔大夫！我出来得迟了，府中养娘，各自四散，管顾不得㊳。你如今没奈何，只得将我去躲避则个。"

当下崔宁和秀秀出府门，沿着河走到石灰桥。秀秀道："崔大夫！我脚疼了，走不得。"崔宁指着前面道："更行几步，那里便是崔宁住处。小娘子到家中歇脚，却也不妨。"到得家中坐定，秀秀道："我肚里饥，崔大夫与我买些点心来吃。我受了些惊，得杯酒吃更好。"当时崔宁买将酒来，三杯两盏，正是：

三杯竹叶穿心过㊳，两朵桃花上脸来。

道不得个"春为花博士，酒是色媒人㊵"。秀秀道："你记得当时在月台上赏月㊶，把我许你，你兀自拜谢㊷。你记得也不记得？"崔宁又着手，只应得喏。秀秀道："当日众人都替你喝彩㊸：'好对夫妻！'你怎么地到忘了㊹？"崔宁又则应得喏。秀秀道："比似只管等待，何不今夜我和你先做夫妻㊺？不知你意下如何？"崔宁道："岂敢！"秀秀道："你知道不敢，我叫将起来，教坏了你㊻。你却如何将我到家中？我明日府里去说！"崔宁道："告小娘子：要和崔宁做夫妻不妨；只一件，这里住不得了。要好趁这个遗漏，人乱时，今夜就走开去，方才使得。"秀秀道："我既和你做夫妻，凭你行。"当夜做了夫妻。

四更以后，各带着随身金银物件出门。离不得饥餐渴饮㊼，夜住晓行，迤逦来到衢州(48)。崔宁道："这里是五路总头(49)，是打那条路去好？不若取信州路上去(50)。我是碾玉作(51)，信州有几个相识，怕那里安得身(52)。"即时取路到信州。住了几日，崔宁道："信州常有客人到行在往来，若说道我等在此，郡王必然使人来追捉，不当稳便(53)。不若离了信州，再往别处去。"两个又起身上路，径取潭州(54)。

不则一日，到了潭州，却是走得远了。就潭州市里(55)，讨间房屋(56)，出面招牌，写着"行在崔待诏碾玉生活(57)"。崔宁便对秀秀道："这时离行在有二千余里了，料得无事。你我安心，好做长久夫妻。"潭州也有几个寄居官员，见崔宁是行在待诏，日逐也有生活得做(58)。崔宁密使人打探行在本府中事，有曾到都下的，得知府中当夜失火，不见了一个养娘，出赏钱寻了几日，不知下落。也不知道崔宁将他走了，见在潭州住(59)。

时光似箭，日月如梭，也有一年之上。忽一日，方早开门，见两个着皂衫的(60)，一似虞候、府干打扮，入来铺里坐地(61)，问道："本官听得说有个行在崔待诏(62)，教请过来做生活。"崔宁分付了家中(63)，随这两个人到湘潭县路上来(64)。便将崔宁到宅里，相见官人(65)，承揽了玉作生活。回路归家，正行间，只见一个汉子，头上带个竹丝笠儿，穿着一领白缎子两上领布衫(66)，青白行缠扎着裤子口(67)，着一双多耳麻鞋(68)，挑着一个高肩担儿；正央来，把崔宁看了一看。崔宁却不见这汉面貌，这个人却见崔宁，从后大踏步尾着崔宁来(69)。正是：

谁家稚子鸣榔板(70)，惊起鸳鸯两处飞。

这汉子毕竟是何人？且听下回分解。

讲一讲

① 不则一日：不只一天。形容日子过得很快。

② 物事：东西。官家：六朝以来，民间把皇帝叫做"官家"。

③ 碾玉：雕琢玉器。

④ 劝杯：一种专做劝酒用的长颈大酒杯。

⑤ 恁（rèn）般：这般、这样。

⑥ 将来：取来、拿来的意思。

⑦ 摩侯罗儿：一种小孩形状的泥偶。原是印度梵语 Mahākāla 的译音，亦作"摩睺罗"、"摩合罗"和"摩喝乐"，属佛经中的蛇神，宋元以来作为七夕乞巧的巧神。

⑧ 乞巧：相传每年阴历七月初七是牛郎、织女相会之期，旧俗年轻妇女在这天晚上在院子里摆上瓜果，对着牵牛星、织女星穿针乞巧（即乞求智巧之意）。

⑨ 寻常间：平常日子。

⑩ 数中：其中。后生：青年。有时也用作形容词，是"年轻"的意思。

⑪ 趋事：服侍。

⑫ 升州建康府：即今江苏省南京市。

⑬ 叉手：拱手。一种拜揖的手势。屠羲英《童子礼》："凡叉手之法，以左手紧把右手大拇指，其左手小指向右手腕，右手四指皆直，以左手大指向上，以右手掩其胸。手不可太着胸，须令稍离方寸。"

⑭ 观音：佛教菩萨之一。本译作观世音，因唐人李世民讳，

故简称观音。

⑮ 御前：皇帝所在叫御前。

⑯ 龙颜：皇帝的容颜。

⑰ 请给：亦称"请受"，即薪俸、粮饷之类的待遇。

⑱ 遭遇：犹遭逢、际遇，这里指受到赏识。

⑲ 酒肆：酒店。

⑳ 相知：相识的人。

㉑ 遗漏：失火的隐语。

㉒ 焰难当：火焰难以抵挡。形容火势很大。

㉓ 糁（sǎn）盆：旧时除夕日祭祖送神时焚烧松柴的火盆。亦作"糁盆"，清李调元《卍斋琐录》卷七："《岁时杂记》：'元日作荟油烛，以麻糁浓油如庭燎，律有油糁之文，今糁盆是也。'按《月令通考》：'除日送旧神，焚松柴，谓之糁盆。'"也叫"松盆"，《四时幽赏录》："除夕，唯杭城居民家户架柴燔燎，火光烛天，挝鼓鸣金，放炮起火，谓之松盆。"

㉔ 六丁神：民间传说中的火神。六甲中之丁神。丁于五行属火。

㉕ 八力士：民间传说中的八大天将。

㉖ 骊山会上，料应褒姒逞娇容：传说周幽王宠爱褒姒，褒姒不喜欢笑，幽王就想尽办法使她笑。有一次，幽王故意叫人点起告急求救的烽火，诸侯们都急忙赶到骊山（在今陕西省临潼县）来，褒姒看到他们受骗的样子，就笑了，后来犬戎杀死周幽王在骊山之下。这里引这个故事，只是用来比喻起火的。

㉗ 赤壁矶头，想是周郎施妙策：三国时，吴国的都督周瑜在赤壁（今湖北嘉鱼县）用火攻计焚烧了曹操的战船，把曹军打败。

宋元话本

这里引这个故事,是用来比喻火势的猛烈。

㉘ 五通神:俗传五通神是一种妖淫之神,能魅人,还能做出种种怪异。据《龙城录》记载:柳州有鬼名五通,有人藏在箧中的衣服都被他化为灰烬,可见他也会弄火。也有人认为就是五显神,火神华光的别名。

㉙ 宋无忌:道教传说中的火仙,经常骑着一匹红骡子。番:同"翻"。

㉚ 直恁的:亦作"直恁地",竟然如此。

㉛ 挈(qiè):拿。罄(qìng):尽。

㉜ 打个胸厮撞:撞个满怀。厮撞:相撞。

㉝ 满日:旧时奴婢到贵族地主家执役,常写下卖身契,规定年限;限满则为之择配,或由其父母取赎。这里说的满日,就是限满的日期。

㉞ 撺掇(cuān duō):怂恿、鼓动的意思。

㉟ 不则一番:不止一次。

㊱ 恁地个:这样一个。

㊲ 富贵:这里指贵重的东西。

㊳ 管顾:照管。

㊴ 竹叶:竹叶青,南宋杭州名酒之一。

㊵ 道不得个:可不是说;可不有这样的说法。这个词语通常在引用成语作反诘口气时使用。春为花博士:宋元时代称卖酒、卖茶的人为酒博士、茶博士。这里是比喻的说法。

㊶ 月台:庭前稍高的平台。

㊷ 兀自:还。这里当"一个劲儿地"解释。

㊸ 喝彩:"彩"指骰子上的数目标记,掷骰得胜叫做"得彩",

喝彩本指喝得彩。这里是“欢呼”、“叫好”的意思。

㊹ 怎地：怎么、怎么地的意思。

㊺ 比似……何不……：与其……不如……

㊻ 教坏了你：意思是说教你坏了名声。

㊼ 离不得：少不得，免不了。

㊽ 迤逦(yǐlǐ)：接连不断的意思。衢州：在今浙江省衢县市。以三衢山得名。

㊾ 五路总头：五条道路的交叉口。

㊿ 信州：在今江西省上饶县西北。

(51) 碾玉作：雕刻玉器的工匠。

(52) 怕：恐怕，或许。

(53) 不当稳便：不大稳妥。

(54) 径取：直向。潭州：在今湖南省长沙市。

(55) 市里：街市里，集市里。

(56) 讨：这里是租的意思。

(57) 生活：活儿，工作。

(58) 日逐：每天。

(59) 见：现。

(60) 着皂衫的：穿黑衫的。古代官署里的差役都身穿黑衫。

(61) 坐地：地，语助词，犹着。坐地：就是坐着。下文“住地”就是住着。

(62) 本官：这里是官府中人对自家长官的称呼。有时也用作官员自称。

(63) 分付：即吩咐。

(64) 湘潭县：即今湖南省湘潭市。

⑥ 官人：这里是指县官。也有作为一般人的尊称的。

⑥ 白缎子两上领：宋代称白布为白缎子。古代衣衫的领，用另一块布缝缀，叫做两上领。

⑥ 青白行缠：青白两色的裹腿布。

⑥ 多耳麻鞋：鞋沿上可以穿带子的纽襻叫鞋耳朵。多耳麻鞋就是有许多纽襻的麻鞋。

⑥ 尾着：随着，跟着。

⑦ 稚子：小孩子。鸣榔板：渔人捕鱼的时候，用木板敲打船帮，使鱼听到声响聚集到渔船四周，以便捕捉，叫做鸣榔板。

竹引牵牛花满街，疏篱茅舍月光筛①。琉璃盏内茅

柴酒②，白玉盘中簇豆梅。

休懊恼，且开怀，平生赢得笑颜开。三千里地无知己，

十万军中挂印来③。

这只《鹧鸪天》词是关西秦州雄武军刘两府所作④；从顺昌大战之后⑤，闲在家中，寄居湖南潭州湘潭县⑥。他是个不爱财的名将，家道贫寒，时常到村店中吃酒。店中人不识刘两府，欢呼啰唣⑦。刘两府道："百万番人⑧，只如等闲⑨。如今却被他们诬罔⑩！"做了这只《鹧鸪天》，流传直到都下。当时殿前太尉是杨和王⑪，见了这词，好伤感："原来刘两府直恁孤寒！"教提辖官差人送一项钱与这刘两府⑫。今日崔宁的东人郡王⑬，听得说刘两府恁地孤寒，也差人送一项钱与他。却经由潭州路过，见崔宁从湘潭路上来，一路尾着崔宁到家，正见秀秀坐在柜身子里。便撞破他们道："崔大夫！多时不见，你却在这里！秀秀养娘他如何也在这里？郡王教我下书来潭州，今遇着你们。原来秀秀养娘嫁

了你？也好！"当时諕杀崔宁夫妻两个，被他看破。

那人是谁？却是郡王府中一个排军⑬，从小伏侍郡王，见他朴实，差他送钱与刘两府。这人姓郭名立，叫做郭排军。当下夫妻请住郭排军，安排酒来请他，分付道："你到府中，千万莫说与郡王知道。"郭排军道："郡王怎知得你两个在这里？我没事却说甚么？"当下酬谢了出门。回到府中，参见郡王，纳了回书，看看郡王道："郭立前日下书回，打潭州过，却见两个人在那里住。"郡王问："是谁？"郭立道："见秀秀养娘并崔待诏两个，请郭立吃了酒食，教休来府中说知。"郡王听说，便道："叵耐这两个做出这事来⑮！却如何直走到那里？"郭立道："也不知他仔细⑯。只见他在那里住地⑰，依旧挂招牌做生活。"郡王教干办去分付临安府⑱，即时差一个缉捕使臣⑲，带着做公的⑳，备了盘缠㉑，径来湖南潭州府，下了公文，同来寻崔宁和秀秀。却似：

　　　　　　皂雕迫紫燕㉒，猛虎啖羊羔㉓。

不两月，捉将两个来，解到府中；报与郡王得知，即时升厅。原来郡王杀番人时，左手使一口刀，叫做"小青"；右手使一口刀，叫做"大青"㉔；这两口刀不知剁了多少番人。那两口刀，鞘内藏着㉕，挂在壁上。郡王升厅，众人声喏，即将这两个人押来跪下。郡王好生焦躁㉖，左手去壁牙上取下"小青㉗"，右手一掣㉘，掣刀在手，睁起杀番人的眼儿，咬得牙齿剥剥地响。当时諕杀夫人，在屏风背后道："郡王，这里是帝辇之下㉙，不比边庭上面㉚，若有罪过，只消解去临安府施行㉛，如何胡乱凯得人㉜？"郡王听说道："叵耐这两个畜生逃走，今日捉将来，我恼了，如何不凯？既然夫人来劝，且捉秀秀入府后花园去；把崔宁解去临安府断治㉝。"

当下喝赐钱酒赏犒捉事人㉞。解这崔宁到临安府，一一从头供说："自从当夜遗漏，来到府中，都搬尽了。只见秀秀养娘从廊下出来，揪住崔宁道：'你如何安手在我怀中？若不依我口，教坏了你。'要共逃走。崔宁不得已，只得与他同走。只此是实。"临安府把文案呈上郡王⑤。郡王是个刚直的人，便道："既然恁地，宽了崔宁，且与从轻断治。崔宁不合在逃⑥，罪杖⑦，发遣建康府居住⑧。"

当下差人押送，方出北关门，到鹅项头⑨，见一顶轿儿，两个人抬着，从后面叫："崔待诏，且不得去！"崔宁认得像是秀秀的声音，赶将来又不知怎地，心下好生疑惑。伤弓之鸟⑩，不敢揽事⑪，且低着头只顾走。只见后面赶将上来，歇了轿子，一个妇人走出来，不是别人，便是秀秀，道："崔待诏，你如今去建康府，我却如何？"崔宁道："却是怎地好？"秀秀道："自从解你去临安府断罪，把我捉入后花园，打了三十竹篦⑫，遂便赶我出来。我知道你建康府去，赶将来同你去。"崔宁道："恁地却好。"讨了船，直到建康府。押发人自回。若是押发人是个学舌的⑬，就有一场是非出来。因晓得郡王性如烈火，惹着他不是轻放手的；他又不是王府中人，去管这闲事怎地？况且崔宁一路买酒买食，奉承得他好，回去时，就隐恶而扬善了。

再说崔宁两口在建康居住，既是问断了⑭，如今也不怕有人撞见，依旧开个碾玉作铺。浑家道⑮："我两口却在这里住得好。只是我家爹妈自从我和你逃去潭州，两个老的吃了些苦；当日捉我入府时，两个去寻死觅活。今日也好教人去行在取我爹妈来这里同住。"崔宁道："最好！"便教人来行在取他丈人丈母。写了他地理角色与来人⑯，到临安府寻见他住处，问他邻舍，指道："这一家便是。"来人去门首看时，只见两扇门关着，一把锁锁着，一条竹竿封着。问邻舍："他老夫妻那里去了？"邻舍道："莫说！他有个花枝也似女儿，献在一个奢遮去处㊼，这个女儿不受福德，却跟一个碾玉的待诏逃走了。前日从湖南潭州捉将回来，送在临安府吃官司㊽；那女儿吃郡王捉进后花园去。老夫妻见女儿捉去，就当下寻死觅活，至今不知下落，只恁地关着门在这里。"来人见说，再回建康府来，兀自未到家。

且说崔宁正在家中坐，只见外面有人道："你寻崔待诏住处，这里便是。"崔宁叫出浑家来看时，不是别人，认得是璩公、璩婆。都相见了，喜欢的做一处㊾。

那去取老儿的人，隔一日才到，说如此这般，寻不见，却空走了这遭。两个老的且自来到这里了。两个老人道："却生受你㊿！我不知你们在建康住，教我寻来寻去，直到这里。"其时四口同住，不在话下。

且说朝廷官里(51)，一日到偏殿看玩宝器，拿起这玉观音来看。这个观音身上，当时有一个玉铃儿失手脱下。即时问近侍官员："却如何修理得？"官员将玉观音反复看了，道："好个玉观音！怎地脱落了铃儿？"看到底下，下面碾着三字"崔宁造"。——"恁地容易。既是有人造，只消得宣这个人来(52)，教他修整。"敕下郡王府(53)，宣取碾玉匠崔宁。郡王回奏："崔宁有罪，在建康府居住。"

即时使人去建康，取得崔宁到行在歇泊了(54)。当时宣崔宁见驾(55)，将这玉观音教他领去，用心整理。崔宁谢了恩，寻一块一般的玉，碾一个铃儿接住了，御前交纳；破分请给养了崔宁(56)，令只在行在居住。崔宁道："我今日遭际御前，争得气。再来清湖河下寻间屋儿开个碾玉铺，须不怕你们撞见(57)！"可煞事有斗巧(58)，方才开得铺三两日，一个汉子从外面过来，就是那郭排军，见了崔待诏,便道:"崔大夫恭喜了! 你却在这里住?"抬起头来,看柜身里却立着崔待诏的浑家。郭排军吃了一惊,拽开脚步就走。浑家说与丈夫道:"你与我叫住那排军,我相问则个。"正是:

平生不作皱眉事,世上应无切齿人。

崔待诏即时赶上扯住。只见郭排军把头只管侧来侧去,口里喃喃地道:"作怪! 作怪!"没奈何,只得与崔宁回来,到家中坐地。浑家与他相见了,便问:"郭排军,前者我好意留你吃酒,你却归来说与郡王,坏了我两个的好事。今日遭际御前,却不怕你去说。"郭排军吃他相问得无言可答,只道得一声"得罪!"相别了,便来到府里,对着郡王道:"有鬼!"郡王问道:"这汉则甚㊿?"郭立道:"告恩王,有鬼!"郡王问道:"有甚鬼?"郭立道:"方才打清湖河下过,见崔宁开个碾玉铺,却见柜身里一个妇女,便是秀秀养娘。"郡王焦躁道:"又来胡说! 秀秀被我打杀了,埋在后花园,你须也看见,如何又在那里? 却不是取笑我!"郭立道:"告恩王,怎敢取笑? 方才叫住郭立,相问了一回。怕恩王不信,勒下军令状了去㊿。"郡王道:"真个在时,你勒军令状来。"那汉也是合苦㊿,真个写一纸军令状来。郡王收了,叫两个当直的轿番㊿,抬一顶轿子,教:"取这妮子来㊿。若真个在,把来凯取一刀;若不在,郭立你须替他凯取一刀!"郭立同两个轿番,来取秀秀。正是:

麦穗两歧㊿,农人难辨。

郭立是关西人,朴直,却不知军令状如何胡乱勒得。三个一径来到崔宁家里,那秀秀兀自在柜身里坐地,见那郭排军来得怎地慌忙,却不知他勒了军令状来取你。郭排军道:"小娘子,郡王钧旨㊿,教命取你则个。"秀秀道:"既如此,你们少等,待我梳洗了同去。"即时入去梳洗，换了衣服，出来上了轿，分付了丈夫。两个轿番便抬着径到府前。郭立先入去。

郡王正在厅上等待。郭立唱了喏，道："已取到秀秀养娘。"郡王道："着他入来。"郭立出来道："小娘子，郡王教你进来。"掀起帘子看一看，便是一桶水倾在身上，开着口则合不得。就轿子里不见了秀秀养娘，问那两个轿番，道："我不知。则见他上轿，抬到这里，又不曾转动。"那汉叫将入来道："告恩王，怎地真个有鬼！"郡王道："却不叵耐㊱！"教："捉这汉，等我取过军令状来，如今凯了一刀！先去取下'小青'来。"那汉从来服侍郡王，身上也有十数次官了㊲；盖缘是粗人㊳，只教他做排军。这汉慌了道："见有两个轿番见证，乞叫来问。"即时叫将轿番来道："见他上轿，抬到这里，却不见了。"说得一般，想必真个有鬼，只消得叫将崔宁来问。便使人叫崔宁来到府中。崔宁从头至尾说了一遍。郡王道："怎地，又不干崔宁事，且放他去。"崔宁拜辞去了。郡王焦躁，把郭立打了五十背花棒㊴。

崔宁听得说浑家是鬼，到家中问丈人丈母。两个面面厮觑㊵，走出门，看着清湖河里，扑通地都跳下水去了。当下叫"救人"，打捞，便不见了尸首。原来当时打杀秀秀时，两个老的听得说，便跳在河里，已自死了。这两个也是鬼。

崔宁到家中，没情没绪，走进房中，只见浑家坐在床上，崔宁道："告姐姐，饶我性命！"秀秀道："我因为你，吃郡王打死了，埋在后花园里。却恨郭排军多口，今日已报了冤仇，郡王已将他打了五十背花棒。如今都知道我是鬼，容身不得了。"说罢起身，双手揪住崔宁，叫得一声，匹然倒地㊶。邻舍都来看时，只见：

　　两部脉尽总皆沉㊷，一命已归黄壤下㊸。

崔宁也被扯去和父母四个一块儿做鬼去了。后人评论得好：

> 咸安王捺不下烈火性，
>
> 郭排军禁不住闲磕牙^⑭，
>
> 璩秀娘舍不得生着属，
>
> 崔待诏撇不脱鬼冤家^⑮。

宋元话本

讲一讲

① 筛：漏下来。

② 茅柴酒：一种味苦性烈的村酒。

③ 挂印：指当统帅。

④ 秦州：今甘肃省天水市。雄武军：河北省蓟县东北。据《宋史》卷三六六《刘锜传》，刘锜是德顺军（今甘肃省静县）人，此处说话人误作雄武军。刘两府：即南宋抗金名将刘锜，字叔信。刘锜曾任陇右都护，累加太尉，卒谥"武穆"。

⑤ 顺昌大战：绍兴十年（1140 年），刘锜曾在顺昌（今安徽省阜阳县境内）用计把金兵打得大败而归。

⑥ 刘锜没有闲居过湘潭，这也是说书人的误用。

⑦ 欢呼啰唪：骚扰吵闹。

⑧ 番人：指金人。

⑨ 等闲：平常、寻常。

⑩ 诖罔：蔑视欺侮。指无礼。

⑪ 殿前太尉：官员。宋代政和以后，把殿前太尉作为武官的最高一级，地位比节度使还高。掌管殿前诸班直和步骑诸指挥的名籍，凡是统制、训练、蕃卫、戍守、迁补、赏罚等都由太尉来发

号施令。杨和王：南宋抗金将领杨存中（？～1166），本名沂中，字正甫。绍兴年间赐名存中，死后追封和王。《宋史》卷三六七有传。

⑫ 提辖官：宋代提辖官有文、武之分。武官是在各州郡掌管统领军旅，维持地方秩序；文官则是掌管府库和采办等事务。此处当指后者。

⑬ 东人：主人，东家。

⑭ 排军：亦作"牌军"，是手持盾牌和武器的卫兵，也作为一般军士的通称。

⑮ 叵耐：叵为"不可"二字的切音。叵耐：就是不可耐，如同现在说的不能容忍。后引申为骂人的话，犹言可恨，可恶。

⑯ 仔细：详细情况。

⑰ 住地：住着。

⑱ 干办：官名。宋代大都督府、留守、制置、经略、安抚、转运等司都置有干办官，准备差役。

⑲ 缉捕使臣：专管缉捕盗贼的武官。

⑳ 做公的：公差。

㉑ 盘缠：这里指旅费。

㉒ 皂雕：黑色老鹰。

㉓ 啖（dàn）：吃。

㉔ 小青、大青：宋代民间调侃（同行语）把刀叫做"青子"。

㉕ 鞘（qiào）：藏刀的套子。

㉖ 好生：多么、很。焦躁：恼怒。

㉗ 壁牙：墙壁上挂东西的短钉子。

㉘ 掣（chè）：抽。

㉙ 帝辇(niǎn)之下：皇帝车驾所在的地方。这里指南宋都城临安。辇：皇帝坐的车。

㉚ 边庭：边疆。

㉛ 施行：这里是"审理"的意思。

㉜ 胡乱凯：随便杀。胡乱：随便。关西人读"砍"如"凯"。

㉝ 断治：处分、发落。

㉞ 捉事人：捉拿罪犯的人，即上文的"缉捕使臣"和"做公的"。

㉟ 文案：就是文书，因文书是要留作案据的，所以叫文案。

㊱ 不合：不应该。

㊲ 罪杖：定罪杖责。

㊳ 发遣：就是发配他方。古代对于犯人杖断之后，往往再按境解送到别处去，叫做发遣。

㊴ 鹅项头：地名。

㊵ 伤弓之鸟：比喻曾经遭受过灾祸的人。

㊶ 揽事：招惹事端。

㊷ 竹篦：刑具，竹棍一端是整的，一端是劈开的；或是一束竹片，绑扎在一起。也叫做劈头。

㊸ 学舌：说长道短、搬弄口舌，多嘴。

㊹ 问断：已经判决定罪。

㊺ 浑家：妻子。

㊻ 地理角色：地理指住址，角色指年龄、相貌、身份等。

㊼ 奢遮去处：了不起的地方，指富贵之家。

㊽ 吃：挨，被。

㊾ 喜欢的做一处：大家都高兴。

(50) 生受：就自己说，是受苦、受罪的意思；对别人说，是难为、辛苦、有劳的意思。

(51) 官里：犹言官家。指皇帝而言。

(52) 宣：如唤。

(53) 敕(chì)：皇帝谕告臣下的文书。

(54) 歇泊：安顿，住下。

(55) 见驾：见皇帝。

(56) 破分：不按照一般的规则或习惯，是“例外”、“破格”的意思。

(57) 须：犹却。在语气转折时或语气加紧时使用。

(58) 可煞：可是。斗巧：凑巧。

(59) 则甚：做什么。

(60) 勒下军令状：勒，写、画押的意思。军令状，古代军队里下级对上级的保证文字，倘有违背，则以军令处罪。

(61) 合苦：该当受苦，活该倒霉。

(62) 当直的轿番：值班的轿夫。直：同“值”。

(63) 妮子：婢女、丫头。或作小女子解释。

(64) 歧：分枝。

(65) 钧旨：尊命。对长官命令的尊称。

(66) 却不：岂不，真是。

(67) 官：此指升官的机会或功劳。这句是说：本身也立过功，有十几次做官的机会。

(68) 盖缘是粗人：大概因为他是个粗人。

(69) 背花棒：用棍子打脊背，伤破的地方叫背花。背花棒就是脊杖。

⑩ 面面斯觑：面对面地互相望着。

⑪ 匹然倒地：突然倒在地上。

⑫ 两部脉尽总皆沉：两只手腕上的脉搏都不跳动了。指死亡。

⑬ 黄壤下：地下。指阴间地府。

⑭ 闲磕牙：多嘴多舌。

⑮ 冤家：这里是情人之间的爱称。

帮你读

　　纵观中外文学，似乎可以说，爱情婚姻是作家们关注最多、用笔最勤，被反复推敲、不断开掘的一个重要题材，而其中的名篇佳作，也往往最受读者的青睐。但也正是由于这一题材被作家们使用得如此频繁，所以愈是后来的作家要写好它就愈是不易。举凡那些传世名作，虽然写的是同一题材，但读来却绝无雷同或相似之感，因为它们不仅体现了作家们的全新体验和独特感受，而且还反映出了新的时代内容，表现了与此相应的独特艺术格调，而在它们提供的特异的艺术世界里，往往还贯注了新的思想因素，为世界文学画廊增添了具有自己独特风貌的人物形象。

　　宋元话本小说对爱情婚姻的描写就与中国传统小说中的爱情描写大异其趣。如与唐人传奇小说相比，宋元话本的一个显著特点，就是市民阶层的生活和理想成为作品描写的重要内容。在这里，所谓爱情不再是才子佳人的缠绵悱恻，更不是封建贵族子弟对女性的玩弄，如《莺莺传》中张生对崔莺莺那样"始乱终弃"并引以为荣耀,宋元话本是按照自己的原则处理爱情婚姻主题的,是真正"为市井细民写心"(鲁迅语)。而这篇《崔待诏生死冤家》就正是宋人话本中的代表作,成为中国小说史上独放异彩的表现爱情题材的名篇。

这篇小说的男女主人公,不再是应举书生和贵族小姐或落第举子和京都名妓,而是属于城市市民阶层中的手工业劳动者,是丧失了人身自由的工奴,这些在生活中极不显眼,甚至是受人轻贱的小人物,堂而皇之地成为了小说中的主人公,这本身就是中国小说史上的一次革命,闪烁着民主思想的光辉。小说的作者基于对这些人物美好的心灵和情感的深刻理解和挚爱,饱含深情地反映了他们的生活和命运、欢乐和痛苦,娓娓动听地叙述了一个在文学史上很富有特点的爱情悲剧故事,成功地描绘出一些在文学人物画廊中极为鲜明突出的人物形象,并且,其中还回荡着一种争取人身自由,追求个性解放的激情,而在对事件、场景和人物的现实主义描写中又透露出浪漫主义的色泽,难怪它不仅深深地激动了读者的感情,也极大地震撼了我们的心灵,成为宋元话本小说中的压卷之作。

小说中写得最丰满、最突出、最动人的形象无疑是女主人公璩秀秀。她聪明、美丽、勇敢、热情,虽因家贫而沦为贵族王府的女奴,但却并不安于奴隶的命运,只要一有机会,就主动大胆地起而抗争,去争取人身的自由和爱情婚姻的幸福。最能表现秀秀独特个性的就是她趁王府失火之机而出逃时撞见崔宁那段,在这里值得注意的是,王府失火只是一个偶然事件,秀秀出逃的最初动机只是为了争得人身的自由,还不可能涉及其他;撞见崔宁,可以说是另一个偶然,但是由于两人平日里早就互有"痴心"

和"指望",所以秀秀又毫不犹豫地、大胆主动地提出要和崔宁先做了夫妻,一道去追求人身的自由和爱情的幸福。在这一事件中,秀秀聪明机智,胸有成竹,使崔宁一步步按她的设计就范而不自知;热情勇敢,无所畏惧,没有一般女孩子的娇羞之态,竟使得须眉男子的崔宁手足无措,只能被动地连连声喏。这段精彩的描写,通过秀秀的一言一行,表现了她不屈服于封建制度为她安排的命运,又无视当时严酷的封建道德观念,为争取自由幸福生活而斗争的大无畏精神,由于她的机智勇敢,终于和崔宁一同逃出火坑,美满地结合在一起,实现了过一种自食其力的自由幸福生活的愿望。但由于封建统治的严酷和黑暗势力的强大,他们的这种幸福生活是短暂的,尽管他们逃到了远在临安两千里以外的潭州,但还是没能逃脱咸安郡王及其爪牙的魔掌,秀秀最终为其反抗压迫、追求自由和爱情的理想,献出了自己年轻的生命!然而生命的终结并没有成为她反抗和追求的终结,反而变得更强烈、更执著了。她的鬼魂仍然苦苦地追求着崔宁,同他一起到建康府继续无所畏惧地公开做夫妻;不巧又被郭排军撞上,鬼的身份暴露,人间不能再存身了,她于是戏弄了迫害自己的郡王,惩罚了背信弃义向郡王告密的郭排军,然后扯着崔宁到鬼世界去做夫妻。当然,在现实世界中鬼是不存在的,作者之所以使用了这一浪漫主义手法,无非是为了表达和宣泄自己的思想感情和理想愿望,客观上控诉和批判了封建专制统治的黑暗和冷酷,也在一定程度上表现了人民群众要求正义战胜强权的积极愿望。带有一定民主性的成分。同时,也通过秀秀对自由和爱情九死不悔的执著追求,表现了她对封建势力顽强不屈的反抗意志和坚韧不拔的斗争精神。

　　小说中的男主人公崔宁的形象虽然没有秀秀形象的夺目光彩，然而作为一种艺术典型，也是塑造的很成功的。他虽然跟秀秀一样也是郡王府中的工奴，但由于他在王府中生活时间较长，又由于手艺精湛，得到郡王的喜爱赏识，所以相对地说，具有较高的地位和较好的待遇，又有一定的人身自由，他为了自身的苟安与生存，因而胆小自私，不敢反抗。小说在对崔宁的勤劳质朴、聪明灵巧、精细谨慎等性格品质给予肯定的同时，也对他的胆小自私等性格缺陷作了有分寸的批判。秀秀与崔宁，作为两个相关的人物，既有相同的一面，又有相异的一面，都有生活的依据，都反映了生活的真实，都具有一定的典型意义。这种运用对比的描写方法，使得人物的形象更加真实、生动、鲜明。我们一方面对崔宁"哀其不幸，怒其不争"，另一方面，更觉得秀秀的可敬可爱。

　　咸安郡王是造成秀秀和崔宁悲剧的首恶元凶，是封建势力的代表。尽管在本篇小说中，他并不是作者的主要批判对象（这不能不说是其思想认识上的一种局限），作者没有丑化他的形象，然而在本篇小说里不多的笔墨中，却活画出了这种官僚凶残暴虐的面目，从而具有更大的客观真实性。

　　郭排军是一个既凶残可憎又愚蠢可笑的奴才形象。这样的人物在封建时代也很有典型性。按其身份地位，本不比秀秀和崔宁高出多少，然而他不仅安心于自己的奴才地位，而且自觉自愿、不遗余力地充当了统治阶级迫害人民群众的帮凶和爪牙。他死心塌地地效忠主子，口是心非，奸险狠毒，一再告密献媚，出卖秀秀崔宁以讨好郡王，结果受到了应有的惩罚。在这里，作者为我们深刻地刻画出了一个卑鄙丑恶的小人形象，它所概括的

客观社会的内容和所体现的思想意义,显然比作者在篇末所批判的"闲磕牙"要大得多。

以上通过对小说中的主要人物形象的分析,我们不难看出,小说对男女主人公之间种种痛苦的描绘,都是用来控诉封建专制主义的残酷无情,向造成这一对青年男女悲惨命运的封建特权和暴力提出抗议的。作者把表现青年男女为追求爱情幸福而进行的顽强斗争,跟揭露黑暗的封建统治和残酷的阶级压迫结合起来,为文学史提供了一篇充满反封建主义激情和追求个性自由解放的社会爱情小说,可以说是中国小说史上的一个划时代的贡献!

十五贯戏言成巧祸

《醒世恒言》

聪明伶俐自天生，懵懂痴呆未必真①。

嫉妒每因眉睫浅，戈矛时起笑谈深②。

九曲黄河心较险，十重铁甲面堪憎③。

时因酒色亡家国，几见诗书误好人④！

这首诗，单表为人难处。只因世路窄狭，人心叵测⑤；大道既远⑥，人情万端。熙熙攘攘，都为利来⑦；蚩蚩蠢蠢，皆纳祸去⑧。持身保家，万千反复。所以古人云：“颦有为颦，笑有为笑。”颦笑之间，最宜谨慎⑨。这回书，单说一个官人⑩，只因酒后一时嬉笑之言，遂至杀身破家，陷了几条性命。且先引下一个故事来，权做个得胜头回⑪。

却说故宋朝中，有一个少年举子⑫，姓魏名鹏举，字冲霄，年方一十八岁，娶得一个如花似玉的浑家。未及一月，只因春榜动，选场开⑬，魏生别了妻子，收拾行囊⑭，上京应取⑮。临别时，浑家分付丈夫：“得官不得官，蚤蚤回来⑯，休抛闪了恩爱夫妻⑰！”魏生答道：“功名二字，是俺本领前程，不索贤卿忧虑⑱。”别后登程到京，果然一举成名，除授一甲第二名榜眼及第⑲。在京甚是华艳动人，少不得修了一封家书，差人接取家眷入京。书上先叙了寒温及得官的事㉑,后却写下一行,道是:"我在京中早晚无人照管,已讨了一个小老婆,专候夫人到京,同享荣华。"家人收拾书程㉑,一径到家,见了夫人,称说贺喜。因取家书呈上。夫人拆开看了,见是如此如此,这般这般,便对家人道:"官人直恁负恩㉒!甫能得官㉓,便娶了二夫人。"家人便道:"小人在京,并没见有此事。想是官人戏谑之言!夫人到京,便知分晓,不得忧虑!"夫人道:"恁地说㉔,我也罢了!"却因人舟未便,一面收拾起身,一面寻觅便人,先寄封平安家书到京中去。那寄书人到了京中,询问新科魏榜眼寓所,下了家书,管待酒饭自回,不题。

却说魏生接书,拆开来看了,并无一句闲言闲语,只说道:"你在京中娶了一个小老婆,我在家中也嫁了一个小老公㉕,早晚同赴京师也。"魏生见了,也只道是夫人取笑的说话,全不在意。未及收好,外面报说:有个同年相访㉖。京邸寓中㉗,不比在家宽转㉘,那人又是相厚的同年㉙,又晓得魏生并无家眷在内,直至里面坐下,叙了些寒温。魏生起身去解手,那同年偶翻桌上书帖,看见了这封家书,写得好笑,故意朗诵起来。魏生措手不及,通红了脸,说道:"这是没理的事!因是小弟戏谑了他,他便取笑写来的。"那同年呵呵大笑道:"这节事却是取笑不得的。"别了就去。那人也是一个少年,喜谈乐道,把这封家书一节,顷刻间遍传京邸。也有一班妒忌魏生少年登高科的,将这桩事只当做风闻言事的一个小小新闻㉚,奏上一本㉛,说这魏生年少不检㉜,不宜居清要之职㉝,降处外任。魏生懊恨无及。后来毕竟做官蹭蹬不起㉞,把锦片也似一段美前程,等闲放过去了㉟。这便是一句戏言,散漫了一个美官㊱。今日再说一个官人,也只为酒后一时戏言,断送了堂堂七尺之躯,连累两三个人,枉屈害了性命。却是为着甚的？有诗为证：

> 世路崎岖实可哀，傍人笑口等闲开。
>
> 白云本是无心物，又被狂风引出来。

却说南宋时，建都临安㊴，繁华富贵，不减那汴京故国㊵。去那城中箭桥左侧㊶，有个官人，姓刘名贵，字君荐，祖上原是有根基的人家㊷。到得君荐手中，却是时乖运蹇㊸。先前读书，后来看看不济，却去改业做生意，便是半路上出家的一般㊹。买卖行中，一发不是本等伎俩㊺，又把本钱消折去了㊻。渐渐大房改换小房，赁得两三间房子㊼，与同浑家王氏，年少齐眉㊽。后因没有子嗣㊾，娶下一个小娘子㊿，姓陈，是陈卖糕的女儿，家中都呼为二姐。这也是先前不十分穷薄的时，做下的勾当○51。至亲三口，并无闲杂人在家。那刘君荐，极是为人和气，乡里见爱，都称他刘官人。"你是一时运限不好○52，如此落寞○53，再过几时，定时有个亨通的日子○54！"说便是这般说，那得有些些好处○55？只是在家纳闷○56，无可奈何！

却说一日闲坐家中，只见丈人家里的老王——年近七旬——走来对刘官人说道："家间老员外生日○57，特令老汉接取官人娘子，去走一遭○58。"刘官人便道："便是我日逐愁闷过日子，连那泰山的寿诞○59，也都忘了。"便同浑家王氏，收拾随身衣服，打叠个包儿○60，交与老王背了。分付二姐："看守家中，今日晚了，不能转回，明晚须索来家○61。"说了就去。离城二十余里，到了丈人王员外家，叙了寒温。当日坐间客众○62，丈人女婿，不好十分叙述许多穷相○63。到得客散，留在客房里宿歇。直到天明，丈人却来与女婿攀话，说道："姐夫，你须不是这等算计○64。'坐吃山空，立吃地陷'。'咽喉深似海，日月快如梭'。你须计较一个常便㉕！我女儿嫁了你一生，也指望丰衣足食，不成只是这等就罢了㉖！"刘官人叹了一口气道："是。泰山在上，道不得个'上山擒虎易，开口告人难'。如今的时势，再有谁似泰山这般看顾我的！只索守困㉗，若去求人，便是劳而无功。"丈人便道："这也难怪你说。老汉却是看你们不过，今日赍助你些少本钱㉘，胡乱去开个柴米店㉙，赚得些利息来过日子，却不好么？"刘官人道："感蒙泰山恩顾，可知是好㉚。"当下吃了午饭，丈人取出十五贯钱来，付与刘官人道："姐夫，且将这些钱去㉛，收拾起店面，开张有日㉜，我便再应付你十贯㉝。你妻子且留在此过几日，待有了开店日子，老汉亲送女儿到你家，就来与你作贺。意下如何？"刘官人谢了又谢，驮了钱一径出门㉞。到得城中，天色却早晚了，却撞着一相识，顺路在他家门首经过。那人也要做经纪的人㉟，就与他商量一会，可知是好。便去敲那人门时，里面有人应诺，出来相揖，便问："老兄下顾，有何见教？"刘官人一一说知就里㊱。那人便道："小弟闲在家中，老兄用得着时，便来相帮。"刘官人道："如此甚好。"当下说了些生意的勾当。那个便留刘官人在家，现成杯盘，吃了三杯两盏。刘官人酒量不济，便觉得有些朦胧起来㊲，抽身作别，便道："今日相扰，明早就烦老兄过寒家，计议生理㊳。"那人又送刘官人至路口，作别回家，不在话下。若是说话的同年生，并肩长，拦腰抱住，把臂拖回，也不见得受这般灾悔！却教刘官人死得不如：

　　　　《五代史》李存孝，《汉书》中彭越㊴。

　　却说刘官人驮了钱，一步一步捱到家中敲门，已是点灯时分。小娘子二姐独自在家，没一些事做，守得天黑，闭了门，在灯下打瞌睡。刘官人打门，他那里便听见？敲了半晌，方才知觉。答应一声"来了"，起身开了门。刘官人进去，到了房中，二姐替刘官人接了钱，放在桌上，便问："官人何处那移这项钱来⑯，却是甚用？"那刘官人一来有了几分酒，二来怪他开得门迟了，且戏言吓他一吓，便道："说出来，又恐你见怪；不说时，又须通你得知。只是我一时无奈，没计可施，只得把你典与一个客人⑰，又因舍不得你，只典得十五贯钱。若是我有些好处，加利赎你回来。若是照前这般不顺溜^㉚，只说罢了！"那小娘子听了，欲待不信，又见十五贯钱，堆在面前。欲待信来，他平白与我没半句言语^㉛，大娘子又过得好，怎么便下得这等狠心辣手！疑狐不决^㉜。只得再问道："虽然如此，也须通知我爹娘一声。"刘官人道："若是通知你爹娘，此事断然不成。你明日且到了人家，我慢慢央人与你爹娘说通，他也须怪我不得。"小娘子又问："官人今日在何处吃酒来？"刘官人道："便是把你典与人，写了文书，吃他的酒，才来的。"小娘子又问："大姐姐如何不来？"刘官人道："他因不忍见你分离，等得你明日出了门才来，这也是我设计奈何，一言为定。"说罢，暗地忍不住笑了。不脱衣裳，睡在床上，不觉睡去了。那小娘子好生摆脱不下："不知他卖我与甚色样人家^㉝？我须先去爹娘家说知。就是他明日有人来要我，寻到我家，也须有个下落。"沉吟一会^㉞，却把这十五贯钱，一垛儿堆在刘官人脚后边。趁他酒醉，轻轻的收拾了随身衣服，款款的开了门出去，拽上了门^㉟。却去左边一个相熟的邻舍，叫做朱三老儿家里，与朱三妈宿了一夜，说道："丈夫今日无端卖我，我须先去与爹娘说知。烦你明日对他说一声，既有了主顾，可同我丈夫到爹娘家中来，讨个分晓^㊱，也须有个下落。"那邻舍道："小娘子说得有理，你只顾自去，我便与刘官人说知就理。"过了一宵。小娘子作别去了不题。正是：

　　鳌鱼脱却金钩去，摆尾摇头再不回。

　　放下一头。却说这里刘官人一觉，直至三更方醒，见卓上灯犹未灭，小娘子不在身边。只道他还在厨下收拾家火^㊲，便唤二姐讨茶吃。叫了一回，没人答应，却待挣扎起来，酒尚未醒，不觉又睡了去，不想却有一个做不是的^㊳，日间赌输了钱，没处出豁^㊴，夜间出来搲摸些东西⑩，却好到刘官人门首。因是小娘子出去了，门儿拽上不关㉑，那贼略推一推，豁地开了。蹑手蹑脚㉒，直到房中，并无一人知觉。到得床前，灯火尚明。周围看时，并无一物可取。摸到床上，见一人朝里床睡去，脚后却有一堆青钱，便去取了几贯。不想惊觉了刘官人，起来喝道："你须不近道㉓！我从丈人家借办得几贯钱来，养身活命；不争你偷了我的去，却是怎的计结㉔！"那人也不回话，照面一拳，刘官人侧身躲过，便起身与这人相持。那人见刘官人手脚活动㉕，便拔步出房。刘官人不舍，抢出门来，一径赶到厨房里。恰待声张邻舍，起来捉贼；那人急了，正好没有豁，却见明晃晃一把劈柴斧头，正在手边；也是人急计生，被他绰起㉖，一斧正中刘官人面门，扑地倒了，又复一斧，斫倒一边㉗。眼见得刘官人不活了，呜呼哀哉，伏惟尚飨㉘。那人便道："一不做，二不休，却是你来赶我，不是我来寻你。"索性翻身入房，取了十五贯钱。扯条单被，包裹得停当，拽扎得爽俐㉙，出门，拽上了门就走，不题。

讲一讲

本篇原载《醒世恒言》卷三三。《醒世恒言》是明末冯梦龙搜集、整理、编纂的短篇白话小说集，全书四十卷，收录小说四十篇，为冯氏的"三言"之一。刊于明天启七年（1267年）。贯：古钱中间有孔，可用绳索贯穿成串，一千钱称一贯。

① 懵（měng）懂：无知，糊涂，不明白事理。

② 眉睫浅：喻指眼光短浅。睫：眼睑边的细毛。戈矛时起笑谈深：这句是说争端往往是由于开玩笑开得太过分而引起的。

戈矛：喻斗争，仇恨。

③ 九曲黄河心较险：这句是说人心有时比九曲的黄河还要凶险。九曲黄河：喻心险。十重铁甲面堪憎：这句是说有些人的面皮像十重铁甲一样厚，十分可憎。十重铁甲：喻脸皮厚。

④ 几见：何曾见。这两句为宋元人说话习语。

⑤ 叵（pǒ）测：不可猜测，料想不到。

⑥ 大道：这里是指做人的正道。

⑦ 熙熙攘攘，都为利来："熙熙"同"攘攘"，都是形容拥挤、热闹的意思。《史记》中说："天下熙熙，皆为利来；天下攘攘，皆为利往。"意思是说天下人忙忙乱乱，你来我往，都不过是为了财富而已。这两句也是这个意思。

⑧ 蚩蚩蠢蠢，皆纳祸去：蚩蚩（chī），愚昧无知的样子；蠢蠢：混乱扰动的样子。这两句意思是，那些忙忙碌碌、钻营求利的人，实际上是很愚昧的，因为他们最终得到的只是祸患而已。

⑨ "颦（pín）有为颦"四句：意思是愁眉苦脸有它的目的，笑也有目的，一哭一笑，都是有所为的，最要谨慎，不可随随便便。颦：皱眉。前两句本是成语，见《韩非子·内储说上》。

⑩ 官人：唐代称做官的为官人。后来对有一定社会地位的男子也都尊称为官人。妻子对丈夫，奴婢对主人也称官人。

⑪ 权：姑且。得胜头回：宋、元时代的说书人在开讲正书以前，往往先讲一两个短小的故事，或串讲几首诗词，叫做"得胜头加"，也叫做"入话"。其内容或和正文相似，或和正文恰恰相反。大概是因为刚刚开始的时候听众还不多，不便讲述正文，所以延长讲述时间，以等候更多的听众到场。当时听说书的多为军民，所以用"得胜"，是取个吉利的意思，"头回"就是开头第一回。

⑫ 故宋：本篇已为明人改窜，所以有"故宋"的话。故：过去的，旧的。宋：宋朝。举子：被荐举参加考试的读书人。

⑬ 春榜动，选场开：唐、宋以来礼部进士考试叫会试，例在春天举行，所以会试叫做春试。选场：试场。这两句的意思就是：春天要举行进士考试了。

⑭ 行囊：就是行李。囊：装东西的口袋。

⑮ 应取：去应试。

⑯ 蚤蚤：早早。蚤，通"早"。

⑰ 抛闪：抛撇、遗弃的意思。

⑱ 不索：不需，不消。贤卿：在古代，夫妻间可以互称"卿"，含有亲昵的意味；前面冠一"贤"字，则带有尊重的意思。

⑲ 除授一甲第二名榜眼及第：旧时科举考试，殿试后将录取进士分为三甲，一甲三名赐进士及第，第一名通称状元，第二名通称榜眼，第三名通称探花。除授：授予，赐给。及第：科举应试中选。

⑳ 寒温：说寒道暖，书信问候时的客套话。

㉑ 书程：书信和行李。程：铺程（又作铺陈），即行李。

㉒ 直恁：竟然这样。

㉓ 甫能：刚刚，才。

㉔ 恁地：这样，这般。

㉕ 老公：丈夫。

㉖ 同年：旧时在科举考试中，同一榜考中的，互称同年。

㉗ 京邸（dǐ）：京中旅舍。

㉘ 宽转：宽敞。

㉙ 相厚：要好。

㉚ 风闻言事:风闻、传闻。言事:向皇帝奏事。谏官言事,允许听到一点风声就报告给皇帝,叫风闻言事。

㉛ 本:奏章。

㉜ 不检:不检点,不自约束。

㉝ 清要之职:职位清贵,掌握枢要的官职。

㉞ 蹭蹬(cèng dèng):比喻人的困顿失意。

㉟ 等闲:随便。

㊱ 散漫:"漫"就是"镘",是钱的背面(正面是有字的一面),这里用来指钱。散漫本意是挥堆、浪费的意思,这里引申做"糟蹋"或"作践"解释。

㊲ 临安:现在的浙江省杭州市。

㊳ 汴京故国:汴京,现在的河南省开封市。因南宋建都临安,故这里称北宋都城汴京为故国。国指国都,故国就是故都的意思。

㊴ 箭桥:南宋临安桥名,故址在今杭州市清泰街东段。

㊵ 有根基的人家:这里指有身份、有家底的人家。

㊶ 时乖运蹇(jiǎn):时运不利,命运不佳。

㊷ 不济:不成。半路上出家:指中途改业。

㊸ 一发:越发,尤其。本等伎俩:本等,宋人时用语,本行、本分的意思。伎俩:技能。本等伎俩,就是本来所熟悉的技能。

㊹ 消折(shé):这里是损失、消耗的意思。

㊺ 赁:租。

㊻ 年少齐眉:《后汉书·梁鸿传》:"(鸿)为人赁舂(捣米),每归,妻为具食,不敢于鸿前爷视,举案(盛饭菜的有脚的盘)齐眉。"后人用"举案齐眉"表示妻子对丈夫敬重,这里是指小夫妻

俩互敬互爱。

㊼ 子嗣:儿子。指传宗接代的人。

㊽ 小娘子:本是唐宋以来对年轻妇女的通称。这里是指小老婆。

㊾ 勾当:本是料理的意思,后来引申作"事情"。

㊿ 运限:时运。"限"是期限的意思,从前迷信的说法,认为人得意或不得意是有一定期限的。

(51) 落寞:冷落寂寞。有时用作"落魄、困顿"解。莫:通"寞"。

(52) 亨通:发达。

(53) 些些:少许,一点点。

(54) 纳闷:因为怀疑而发闷。

(55) 员外:六朝以来的官职有员外郎。本来是正员之外的官员的通称,大都是用钱捐来的。后来变成对一般有钱有势的仕绅的通称。

(56) 一遭:一趟,一次。

(57) 泰山:对妻子的父亲的称呼。据说唐玄宗去泰山封禅,宰相张说为封禅使。旧例,封禅后,自三公以下都要晋升一级,可是张说的女婿郑镒却一下子升了四级。唐玄宗见郑镒官位升得这样快,很奇怪,就问是什么原因,郑镒无词以对。有个叫黄幡绰的说:"这是泰山的力量啊!"从此以后,泰山就变成了岳父的同义语(见唐·段成式《酉阳杂俎》)。一说因泰山有个丈人峰,故称岳父(丈人)为泰山。寿诞:生日。

(58) 打叠:打点、收拾。

(59) 须索:一定,必定。

(60) 客众:客人多。

⑥ 穷相：指生活困难的境况。

⑥ 姐夫：这里是岳父对女婿的客气称呼。须：应该。算计：计划，打算。

⑥ 计较：这里作"计算、主意"解释。常便：长久妥善的打算。

⑥ 不成：难道。这等：这样。

⑥ 只索：只得。

⑥ 赍（jī）助：资助。赍：给人财物。些少：一点儿，少许。

⑥ 胡乱：马马虎虎，随便。

⑥ 可知：当然。

⑥ 将：拿。

⑦ 开张：商店开业叫做开张。

⑦ 应付：对付。

⑦ 驮：背负。一径：一直。

⑦ 经纪：经手买卖。

⑦ 就里：底细、原委。

⑦ 朦胧：这里作"迷糊"解释。

⑦ 过：到。寒家：谦称自己的家。计议生理：商量做生意的事。

⑦ 李存孝：五代时后唐李克用的养子，本姓安，名敬思。以武功做到汾州刺史，被李存信陷害，被迫投奔安知建、王溶。李克用亲自带兵围攻，把他捉住，处以"车裂"（俗称"五马分尸"）之刑。《五代史》：史书名。记载907年至960年梁、唐、晋、汉、周五代史实。有新、旧两种。旧史为宋薛居正等撰，一百五十卷。新史则为欧阳修重加修定，七十四卷。

彭越：汉初名将，字仲。初事项羽，后率兵归汉，封梁王，刘邦统一天下后,有人告他谋反,被废为平民,后又被醢(hǎi)(把犯人剁成肉酱)。《汉书》:中国古代史学名著。东汉班固撰。全书分十二纪、八表、十志、七十列传共百篇,后人分为一百二十卷,记载自汉高祖刘邦元年至王莽地皇四年(230年)间主要事迹。是我国第一部纪传体断代史。话本小说常用这两个故事比喻人死状的凄惨。

⑱ 那移:即挪移,转借。

⑲ 典与:抵押给。

⑳ 不顺溜:倒霉,时运不好,不顺利。

㉑ 平白:无缘无故。言语:这里是指"口角"。

㉒ 疑狐:即狐疑。俗传狐性多疑,因以指多疑无决断。

㉓ 甚色样:什么样,哪一种。

㉔ 沉吟:心里疑惑不定。

㉕ 款款的:慢慢的。拽(zhuài):拉。

㉖ 讨个分晓:说个明白。

㉗ 家火:什物。

㉘ 做不是的:干坏事的人,这里指小偷。

㉙ 没处出豁:没办法想。出豁:出路,办法,有时作"出息"或"出脱"解释。

㉚ 掏摸:偷窃。

㉛ 门儿拽上不关:门被拉上而没上门闩。

㉜ 蹑手蹑脚:轻手轻脚,不敢声张的样子。

㉝ 你须不近道理:你真不讲道理。

㉞ 不争:如果,若是。(助词。用在句首,作"如果、倘使、当真"等解释。用在句尾,则是不要紧、无所谓的意思。)计结:了

局、结果。

⑨⑤ 手脚活动：手脚灵便。

⑨⑥ 绰起：提起，抓起。

⑨⑦ 斫（zhuó）：用刀斧砍。

⑨⑧ 呜呼哀哉，伏惟尚飨：祭文末尾常用套语。意思是表示对死者的哀悼，并请灵魂前来享祭。这里借来表示死亡。伏惟：以下对上陈述事情的敬辞。尚：希望。飨：通"享"。

⑨⑨ 停当：料理妥帖。拽扎：包扎。爽俐：利落。

　　次早邻舍起来，见刘官人家门也不开，并无人声息，叫道："刘官人，失晓了①。"里面没人答应。捱将进去②，只见门也不关。直到里面，见刘官人劈死在地。"他家大娘子，两日家前已自往娘家去了，小娘子如何不见？"免不得声张起来。却有昨夜小娘子借宿的邻家朱三老儿说道："小娘子昨夜黄昏时，到我家宿歇，说道：刘官人无端卖了他，他一径先到爹娘家里去了，教我对刘官人说，既有了主顾，可同到他爹娘家中，也讨得个分晓。今一面着人去追他转来③，便有下落。一面着人去报他大娘子到来，再作区处④。"众人都道："说得是。"先着人去到王老员外家报了凶信。老员外与女儿大哭起来，对那人道："昨日好端端出门，老汉赠他十五贯钱，教他将来作本⑤，如何便恁地被人杀了⑥？"那去的人道："好教老员外大娘子得知，昨日刘官人归时，已自昏黑，吃得半酣⑦，我们都不晓得他有钱没有钱，归迟归早。只是今早刘官人家，门儿半开，众人推将时去，只见刘官人杀死在地，十五贯钱一文也不见，小娘子也不见踪迹。声张起来，却有左邻朱三老儿出来，说道：'他家小娘子昨夜黄昏时分，借宿他家。'小娘子说道：'刘官人无端把他典与人了，小娘子要对爹娘说一声。住了一宵，今日径自去了。'如今众人计议，一面来报大娘子与老员外，一面着人去追小娘子。若是半路里追不着的时节，直到他爹娘家中，好歹追他转来⑧，问个明白。老员外与大娘子，须索去走一遭，与刘官人执命⑨。"老员外与大娘子急急收拾起身，管待来人酒饭，三步做一步，赶入城中，不题。

却说那小娘子，清早出了邻舍人家，挨上路去，行不上一二里，早是脚疼走不动，坐在路傍。却见一个后生，头带万字头巾⑩，身穿直缝宽衫，背上驮了一个搭膊⑪，里面却是铜钱，脚下丝鞋净袜，一直走上前来。到了小娘子面，看了一看：虽然没有十二分颜色，却也明眸皓齿，莲脸生春，秋波送媚，好生动人⑫。正是：

> 野花偏艳目，村酒醉人多。

那后生放下搭膊，向前深深作揖：小娘子独行无伴，却是往那里去的小娘子还了万福⑬，道："是奴家要往爹娘家去⑭，因走不上，权歇在此。"因问："哥哥是何处来？今要往何方去？"那后生叉手不离方寸⑮："小人是村里人，因往城中卖了丝帐，讨得些钱，要往褚家堂那边去的⑯。"小娘子道："告哥哥则个，奴家爹娘也在褚家堂左侧，若得哥哥带挈奴家⑰，同走一程，可知是好。"那后生道："有何不可！既如此说，小人情愿伏侍小娘子前去⑱。"两个厮赶着⑲，一路正行，行不到二三里田地，只见后面两个人脚不点地⑳，赶上前来。赶得汗流气喘，衣服拽开。连叫："前面小娘子慢走，我却有话说知。"小娘子与那后生看见赶得蹊跷㉑，都立住了脚。后边两个赶到跟前，见了小娘子与那后生，不容分说，一家扯了一个，说道："你们干得好事！却走往哪去！"小娘子吃了一惊,举眼看时,却是两家邻舍,一个就是小娘子昨夜借宿的主人。小娘子便道:"昨夜也须告过公公得知,丈夫无端卖我,我自去对爹娘说知。今日赶来,却有何说?"朱三老道:"我不管闲账,只是你家里有杀人公事,你须回去对理②。"小娘子道:"丈夫卖我,昨日钱已驮在家中,有甚杀人公事?我只是不去。"朱三老道:"好自在性儿!你若真个不去,叫起地方有杀人贼在此③,烦为一捉,不然,须要连累我们。你这里地方也不得清净。"那个后生见不是话头,便对小娘子道:"既如此说,小娘子只索回去,小人自家去休④!"那两个赶来的邻舍,齐叫起来说道:"若是没有你

在此便罢,既然你与小娘子同行同止,你须也去不得!"那后生道:"却又古怪!我自半路遇见小娘子,偶然伴她行一程,路途上有甚皂丝麻线⑤,要勒揞我同去⑥?"朱三老道:"他家有了杀人公事,不争放你去了,却打没对头官司!"当下怎容小娘子和那后做主。看的人渐渐立满,都道:"后生你去不得㉗。你'日间不作亏心事,半夜敲门不吃惊'。便去何妨!"那赶来的邻舍道:"你若不去,便是心虚。我们却和你罢休不得。"四个人只得厮挽着一路转来㉘。

到得刘官人门首,好一场热闹!小娘子入去看时,只见刘官人斧劈倒在地死了,床上十五贯钱分文也不见。开了口合不得,伸了舌缩不上去。那后生也慌了,便道:"我怎地晦气㉙!没来由和那小娘子同走一程,却做了干连人㉚。"众人都和闹着。正在那里分豁不开㉛,只见王老员外和女儿一步一撷走回家来,见了女婿尸身,哭了一场,便对小娘子道:"你却如何杀了丈夫?劫了十五贯钱,逃走出去?今日天理昭然,有何理说!"小娘子道:"十五贯钱,委是有的㉜。只是丈夫昨晚回来,说是无计奈何,将奴家典与他人,典得十五贯身价在此,说过今日便要奴家到他家去。奴家因不知他典与甚样人家,先去与爹娘说知,故此趁夜深了,将这十五贯钱,一垛儿堆在他脚后边,拽上门,到朱三老家住了一宵,今早自去爹娘家里说知。我去之时,也曾央朱三老对我丈夫说,既然有了主儿,便同到我爹娘家里来交割㉝。却不知因甚杀死在此?"那大娘子道:"可又来㉞!我的父亲昨日明明把十五贯钱与他驮来作本,养赡妻小,他岂有哄你说是典来身价之理?这是你两日因独自在家,勾搭上了人;又见家中好生不济,无心守耐㉟;又见了十五贯钱,一时见财起意,杀死丈夫,劫了钱。又使见识⑱，往邻舍家借宿一夜，却与汉子通同计较⑲，一处逃走。现今你跟着一个男子同走，却有何理说，抵赖得过！"众人齐声道："大娘子之言，甚是有理。"又对那后生道："后生，你却如何与小娘子谋杀亲夫？却暗暗约定在僻静处等候一同去，逃奔他方，却是如何计结！"那人道："小人自姓崔名宁，与那小娘子无半面之识。小人昨晚入城，卖得几贯丝钱在这里，因路上遇见小娘子，小人偶然问起往那里去的，却独自一个行走。小娘子说起是与小人同路，以此做伴同行，却不知前后因依⑳。"众人哪里肯听他分说，搜索他搭膊中，恰好是十五贯钱，一文也不多，一文也不少。众人齐发起喊来道："是天网恢恢，疏而不漏㉑。你却与小娘子杀了人，拐了钱财，盗了妇女，同往他乡，却连累我地方邻里打没头官司！"

　　当下大娘子结扭了小娘子，王老员外结扭了崔宁，四邻舍都是证见，一哄都入临安府中来。那府尹听得有杀人公事㉒，即便升堂。便叫一干人犯，逐一从头说来。先是王老员外上去，告说："相公在上㉓，小人是本府村庄人氏，年近六旬，只生一女，先年嫁与本府城中刘贵为妻。后因无子，娶了陈氏为妾，呼为二姐。一向三口在家过活，并无片言㉔。只因前日是老汉生日，差人接取女儿女婿到家。住了一夜。次日，因见女婿家中全无活计，养赡不起，把十五贯钱与女婿作本，开店养身。却有二姐在家看守。到得昨夜，女婿到家时分，不知因甚缘故，将女婿斧劈死了，二姐却与一个后生，名唤崔宁，一同逃走，被人追捉到来。望相公可怜见老汉的女婿，身死不明，奸夫淫妇，赃证现在，伏乞相公明断㉕。"府尹听得如此如此，便叫陈氏上来："你却如何通同奸夫，杀死了亲夫，劫了钱，与人一同逃走，是何理说？"二姐告道:"小妇人嫁与刘贵,虽是小老婆,却也得他看承得好⑮。大娘子又贤惠,却如何肯起这片歹心? 只是昨晚丈夫回来,吃得半酣,驮了十五贯钱进门,小妇人问他来历,丈夫说道,为因养赡不周,将小妇人典与他人,典得十五贯身价在此,又不通我爹娘得知,明日就要小妇人到他家去。小妇人慌了,连夜出门,走到邻舍家里,借宿一宵。今早一径先往爹娘家去,教他对丈夫说,既然卖我有了主顾,可到我爹妈家里来交割。才走得到半路,却见

昨夜借宿的邻家赶来，捉住小妇人回来，却不知丈夫杀死的根由。"那府尹喝道："胡说！这十五贯钱，分明是他丈人与女婿的，你却说是典你的身价，眼见的没巴臂的说话了⑤。况且妇人家，如何黑夜行走？定是脱身之计。这桩事须不是你一个妇人家做的，一定有奸夫帮你谋财害命，你却从实说来。"那小娘子正待分说，只见几家邻舍一齐跪上去告道："相公的言语，委是青天⑯。他家小娘子，昨夜果然借宿在左邻第二家的，今早他自去了。小的们见她丈夫杀死，一面着人去赶，赶到半路，却见小娘子和那一个后生同走，苦死不肯回来⑰。小的们勉强捉他转来，却又一面着人去接他大娘子与他丈人，到时，说昨日有十五贯钱，付与女婿做生理的。今者女婿已死，这钱不知从何而去。再三问那小娘子时，说道："他出门时，将这钱一堆儿堆在床上。却去搜那后生身边，十五贯钱，分文不少。却不是小娘子与那后生通同谋杀？赃证分明，却如何赖得过？"府尹听他们言之有理，就唤那后生上来道："帝辇之下，怎容你这等胡行？你却如何谋了他小老婆，劫了十五贯钱，杀死他亲夫？今日同往何处？从实招来。"那后生道："小人姓崔名宁，是乡村人氏，昨日往城中卖了丝，卖得这十五贯钱。今早偶然路上撞着这小娘子，并不知他姓甚名谁，那里晓得他家杀人公事？"府尹大怒喝道："胡说！世间不信有这等巧事！他家失去了十五贯钱，你却卖的丝恰好也是十五贯钱，这分明是支吾的说话了⑱。况且他妻莫爱，他马莫骑，你既与那妇人没甚首尾⑲，却如何与他同行共宿？你这等顽皮赖骨，不打，如何肯招？"当下众人将那崔宁与小娘子，死去活来，拷打一顿。那边王老员外与女儿并一干邻右人等⑳。口口声声，咬他二人。府尹也巴不得了结这段公案㉑。拷讯一回，可怜崔宁和小娘子，受刑不过，只得屈招了。说是一时见财起意，杀死亲夫，劫了十五贯钱，同奸夫逃走是实。左邻右舍都指画了十字②，将两人大枷枷了③，送入死囚牢里。将这十五贯钱，给还原主，也只好奉与衙门中人使用，也还不勾哩。府尹迭成文案④，奏过朝廷，部复申详⑤，倒下圣旨，说："崔宁不合奸骗人妻，谋财害命，依律处斩。陈氏不合通同奸夫，杀死亲夫，大逆不道，凌迟示众⑥。"当下读了招状，大牢内取了二人来，当厅判一个"斩"字，一个"剐"字⑦，押赴市曹⑧，行刑示众。两人浑身是口，也难分说。正是：

哑子谩尝黄檗味⑨，难将苦口对人言。

　　看官听说⑩，这段公事，果然是小娘子与那崔宁谋财害命的时节，他两人须连夜逃走他方，怎的又去邻舍人家借宿一宵？明早又走到爹娘家去，却被人捉住了？这段冤枉，仔细可以推详出来。谁想问官糊涂，只图了事，不想捶楚之下⑪，何求不得。冥冥之中，积了阴骘（zhì）⑫，远在儿孙近在身。他两个冤魂，也须放你不过。所以做官的，切不可率意断狱，任情用刑⑬，也要求个公平明允⑭。道不得个死者不可复生，断者不可复续，可胜叹哉⑮！

　　闲话休提。却说那刘大娘子到得家中，设个灵位，守孝过日。父亲王老员外劝他转身⑯，大娘子说道："不要说起三年之久，也须到小祥之后⑰。"父亲应允自去。光阴迅速，大娘子在家，巴巴结结，将近一年，父亲见他守不过⑱，便叫家里老王去接他来，说："叫大娘子收拾回家，与刘官人做了周年⑲，转了身去罢。"大娘子没计奈何。细思："父言亦是有理。"收拾了包裹，与老王背了，与邻舍家作别，暂去再来。一路出城，正值秋天，一阵乌风猛雨，只得落路，往一所林子去躲，不想走错了路，正是：

猪羊走屠宰之家,一脚脚来寻死路。

走入林子里去,只听他林子背后,大喝一声:"我乃静山大王在此!行人住脚,须把买路钱与我⑩。"大娘子和那老王吃那一惊不小,只见跳出一个人来:

头带乾红凹面巾,身穿一领旧战袍,腰间红绢搭膊裹肚,脚下蹬一双乌皮皂靴。

手执一把朴刀舞刀前来。那老王该死,便道:"你这剪径的毛团⑪!我须是认得你,做这老性命着与你兑了罢⑫。"一头撞去,被他闪过空。老人家用力猛了,扑地便倒。那人大怒道:"这牛子好生无礼⑬!"连搠一两刀⑭,血流在地,眼见得老王养不大了⑮。那刘大娘子见他凶猛,料到脱身不得,心生一计,叫做脱空计⑯。拍手叫道:"杀得好!"那人便住了手,睁圆怪眼,喝道:"这是你甚么人?"那大娘子虚心假气地答道:"奴家不幸丧了丈夫,却被媒人哄诱,嫁了这个老儿,只会吃饭。今日却得大王杀了,也替奴家除了一害。"那人见大娘子如此小心,又生得有几分颜色,便问道:"你肯跟我做个压寨夫人么⑰?"大娘子寻思,无计可施,便道:"情愿伏侍大王。"那人回嗔作喜,收拾了刀杖,将老王尸首搠入涧中⑱。领了刘大娘子到一所庄院前来,甚是委曲⑲。只见大王向那地上,拾些土块,抛向屋上去,里面便有人出来开门。到得堂之上,分付杀羊备酒,与刘大娘子成亲。两口儿且是说得着⑳。正是:

明知不是伴,事急且相随。

不想那大王自得了刘大娘子之后,不上半年,连起了几主大财,家间也丰富了。大娘子甚是有识见,早晚用好言语劝他:"自古道:'瓦罐不离井上破,将军难免阵中亡㉑'。你我两人,下半世也勾吃用了，只管做这没天理的勾当，终须不是个好结果！却不道是'梁园虽好，不是久恋之家®'。不若改行从善，做个小小经纪，也得过养身活命。"那大王早晚被他劝转，果然回心转意，把这门道路撇了®。却去城市间赁下一处房屋，开了一个杂货店。遇闲暇的日子，也时常去寺院中，念佛赴斋。忽一日在家闲坐，对那大娘子道："我虽是个剪径的出身®，却也晓得冤各有头，债各有主。每日间只是吓骗人东西，将来过日子。后来得有了你，一向不大顺溜，今日改行从善。闲来追思既往，正会枉杀了两个人®，又冤陷了两个人，时常挂念，思欲做些功德，超度他们®，一向不曾对你说知。"大娘子便道："如何是枉杀了两个人？"那大王道："一个是你的丈夫，前日在林子里的时节，他来撞我，我却杀了他。他须是老人家，与我往日无仇，如今又谋了他老婆，他死也不肯甘心的！"大娘子道："不怎地时，我却那得与你厮守®？这也是往事，休提了！"又问："杀那一个，又是甚人？"那大王道："说起来这个人，一发天理上放不过去；且又带累了两个人，无辜偿命。是一年前，也是赌输了，身边并无一文，夜间便去掏摸些东西。不想到一家门首，见他门也不闩，推进去时，里面并无一人。摸到门里，只见一个醉倒在床，脚后却有一堆铜钱，便去摸他几贯。正待要走，却惊醒了。那人起来说道：'这是我丈人家与我做本钱的，不争你偷去了，一家人口都是饿死。'起身抢出房门，正待声张起来。是我一时见他不是话头®，却好一把劈柴斧头在我脚边，这叫做人急计生，绰起斧来，喝一声道，不是我，便是你，两斧劈倒。却去房中将十五贯钱，尽数取了。后来打听得他，却连累了他家小老婆，与那一个后生，唤做崔宁，冤枉了他谋财害命，双双受了国家刑法。我虽是做了一世强人，只有这两桩人

宋元话本

命,是天理人心打不过去的!早晚还要超度他,也是该的。"那大娘子听说,暗暗地叫苦:"原来我的丈夫也吃这厮杀了㊹,又连累我家二姐与那个后生无辜受戮㉙。思量起来,是我不合当初作弄他两人偿命;料他两人阴司中㉛,也须放我不过。"当下权且欢天喜地,并无他说。明日捉个空㉜,便一径到临安府前,叫起屈来。那时换了一个新任府尹,才得半月。正值升厅,左右捉将那叫屈的妇人进来㉝。刘大娘子到于阶下,放声大哭。哭罢,将那大王前后所为:"怎的杀了我丈夫刘贵。问官不肯推详,含糊了事,却将二姐与那崔宁,朦胧偿命㉞。后来又怎的杀了老王,奸骗了奴家。今日天理昭然,一一是他亲口招承。伏乞相公高抬明镜㉟,昭雪前冤。"说罢又哭。府尹见他情词可悯,即着人去捉那静山大王到来,用刑拷讯,与大娘子口词一些不差。即时问成死罪,奏过官里㊱。待六十日限满,倒下圣旨来:"勘得静山大王,谋财害命,连累无辜,准律:杀一家非死罪三人者,斩加等,决不待时㊲。原问官断狱失情,削职为民。崔宁与陈氏枉死可怜,有司访其家,谅行优恤㊳。王氏既系强徒威逼成亲,又能申雪夫冤,着将贼人家产,一半没入官㊴,一半给与王氏养赡终身。"刘大娘子当日往法场上,看决了静山大王,又取其头去祭献亡夫并小娘子及崔宁,大哭一场。将这一半家私,舍入尼姑庵中,自己朝夕看经念佛,追荐亡魂,尽老百年而终。有诗为证:

善恶无分总丧躯,只因戏语酿殃危。

劝君出话须诚实,口舌从来是祸基。

 讲一讲

① 失晓：睡得不知道天亮。

② 捱（ái）：挤。

③ 着人：派人。

④ 区处：处理。

⑤ 将来：拿来。本：做生意的本钱。

⑥ 恁地：这样的意思。有时又作"怎样"解释。

⑦ 半酣：半醉。

⑧ 好歹：无论如何，不管怎样。

⑨ 执命：这里是做主索命、讨命的意思。

⑩ 万字头巾：头巾名。宋制万字巾下阔上狭，形同字（"萬"是"万"的繁体字），故名。亦称"万字顶头巾"。

⑪ 搭膊：又名褡裢、褡包。是一种开口在中间、两端盛放钱物、可肩背或系在腰间的长条形布袋。

⑫ 好生：十分，非常。

⑬ 万福：唐宋时妇女相见多口颂万福，后来就习用为妇女行礼的代用词。

⑭ 奴家：旧时妇女自称。

⑮ 叉手不离方寸：宋、元时代的习惯语。叉手：左手攥着右手拇指，右手四指伸直并拢。这是一种向人行礼的手势。方寸：心。这里是指心口、胸口。这句意思是：拱手、作揖，向人表示态度恭谨、谦虚。

⑯ 褚家堂：在南宋临安东青门（今称青春门）内蒲桥军寨之

北,为唐代褚遂良故里。位于北关门之东南方。

⑰ 带挈:带领,携带。

⑱ 伏侍:原义是侍候、服侍,这里是携带的意思。

⑲ 厮赶着:结伴同行,一起赶路。

⑳ 脚不点地:脚不沾地,形容走得很快的样子。

㉑ 蹊跷:奇怪。事情离奇古怪,令人不解。

㉒ 对理:见官。"理"指法官。

㉓ 地方:保长、里正之类。

㉔ 自家:自己。休:算了、罢了。

㉕ 皂丝麻线:黑丝线与白麻线搅缠在一起,比喻牵连、关系等意思。

㉖ 勒掯:强迫、留难的意思。

㉗ 去:离开。

㉘ 厮挽:相挽。

㉙ 晦气:倒霉。

㉚ 干连人:有关系的人。

㉛ 分豁:分辨,摆脱。

㉜ 委是:确实是。

㉝ 交割:交接明白。

㉞ 可又来:宋元口语,含有"说得好听"、"亏你说得出来"等意思。

㉟ 好生不济,无心守耐:指(家中)十分穷困,无法忍受,无心再过这种日子。

㊱ 使见识:使心计,用计谋。

㊲ 通同计较:共同商量。

㊳ 前后因依：缘由经过。

㊴ 天网恢恢，疏而不漏：语出《老子》，“漏”原作“失”。意思是说，上天的法网广大无边，虽说网眼很大，但却决不会漏掉一个犯法的人，使他得不到惩罚。恢恢：宽广的样子。

㊵ 府尹：宋时京都所在的知府官品位特高，称府尹。小说戏曲中往往作“大尹”，这是从民间的称呼。

㊶ 相公：旧时百姓对府县长官的尊称。

㊷ 片言：指“口角”。

㊸ 伏乞：请求，希望。伏：旧时以下对上的敬辞。

㊹ 看承：看待。

㊺ 巴臂：亦作“巴壁”、“巴鼻”，意即根据、把握、来由。

㊻ 青天：喻贤明的清官，这里是明断无误的意思。

㊼ 苦死：抵死、拼死。

㊽ 支吾：抵拒、搪塞的意思。

㊾ 没甚首尾：没什么关系。

㊿ 邻右：也作邻佑，就是邻居。

(51) 巴不得：殷切的盼望。“巴”是“盼望”的意思。公案：公府的案牍。这里作公事解释。

(52) 指画了十字：即画押。古时不识字的人，不能自书姓名，往往用画十字来代替签押。

(53) 枷：枷锁。第二个“枷”是动词。

(54) 迭成文案：做成公文案卷。

(55) 部复申详：由刑部复审，签署意见并不上奏皇帝。

(56) 凌迟：古代一种肢解犯人肢体的残酷刑法。

(57) 剐(guǎ)：凌迟刑的俗称。

○58 市曹:闹市区。古代行刑多在闹市区。

○59 谩尝:不要去尝。黄檗(bò):即黄柏,一种味苦的草药。

○60 看官:话本和旧小说中对听众的称呼,是说书人的口吻。

○61 捶楚:亦作"箠楚",即拷打。

○62 冥冥之中:暗中。阴骘:阴德。这里是因果报应的意思。

○63 率意断狱:随意断案。任情用刑:随便动用刑法。

○64 明允:明白确当。

○65 断者:指被砍了头的人。

○66 转身:再嫁。

○67 小祥:死人的周年祭。

○68 巴巴结结:紧紧巴巴,很艰难的意思。守不过:守寡日子过不下去。

○69 周年:死者的周年祭。

○70 买路钱:有两种解释:(一)出丧时在柩前抛掷纸钱;(二)是强盗对行路人强索财物的常套语。这里是第二种意思。

○71 剪径:劫路。毛团:原义是有毛的动物,这里用作骂人的话,如同说"畜牲"。

○72 做这老性命着:当是"做这老性命不着"之误。"做……不着",宋元俗称,含有拼着、牺牲、委屈等义。这句犹说"豁出这条老命"。兑:换,拼掉。

○73 牛子:宋、元时代的调侃语,也是"畜牲"的意思。多用来骂性情执拗的人。

○74 搠:刺。

○75 养不大:活不成。

○76 脱空计:故弄玄虚、说谎的计策。

⑦ 压寨夫人：强盗头子的老婆。

⑧ 撺：抛掷。

⑨ 委曲：狭小曲折。这里用来形容所经过的路径。

⑩ 说得着：说话投机。

⑪ 瓦罐不离井上破，将军难免阵中亡：古代谚语。瓦罐用来汲水，所以在井边打破的可能性很大；将军从征战，阵亡自属难免。用来比喻什么事情干得久了，就难免会失手。

⑫ 梁园虽好，不是久恋之家：古代谚语。有两种解释：一说梁园是汉代梁孝王刘武的兔园，也叫做梁苑。在现在河南商丘东边。这个园子里的宫室苑囿都建筑得非常考究，还有许多奇果异树，珍禽怪兽。当时刘武每天和宫人、宾客在园里游玩作乐。这两句话是对宾客说的，意思是"这个园子虽然好，但终究不是自己的家，不可久恋。"一说梁园就是梁地（今开封），在唐宋时是沟通南北的运河和黄河的一个市镇，非常繁华。宋代建都于此，商业尤其发达。但没有钱的人在这里维持生活是很困难的。所以说："梁园这个地方虽然很好，却不是一般老百姓可以久恋的。"不论怎样解释都是用来比喻不可久留的地方。

⑬ 把这门道路撇了：指洗手不做强盗了。道路：此指营生、行业。

⑭ 剪径的出身：指强盗出身。

⑮ 会：适，碰巧。

⑯ 功德：旧社会念佛诵经，超度冤魂，叫做功德，是迷信的行为。超度：佛、道均称使死者灵魂得以脱离地狱诸苦难为超度。

⑰ 厮守：相守，相处在一起。

⑱ 不是话头：话不对头，情况不好。

⑧ 这厮：这小子、这家伙，骂人的口气。

⑩ 受戮：被杀。

⑪ 阴司：阴间地府。是过去迷信的说法。

⑫ 捉个空：赶空儿、乘隙的意思。

⑬ 左右：指衙门里的公差们。

⑭ 朦胧：糊里糊涂。

⑮ 高抬明镜：这是恭维官员判案明察确当的话。

⑯ 官里：即"官家"，指皇帝。

⑰ 决不待时：古代处决死罪犯人，多在秋后执行；但对于重要罪犯，则不必等到秋后，可以立即执行。

⑱ 有司：官吏。古代设官分职，事各有专司，故称有司。谅行优恤：按照实际情况给以优厚的抚恤。

⑲ 没入官：没收给官府。

帮你读

这篇话本小说，和许多优秀的宋元话本小说一样，也是以当时的现实生活为题材的。当时的说话人说故事又兼带着说新闻的性质，本篇的故事发生在南宋都城临安，当是南宋说话人的创作。

我们知道，宋代的封建官场十分腐败，封建官僚或则贪污舞弊，或则昏聩糊涂，对人民的疾苦毫不关心，甚至把人民的生命当作儿戏，因此造成了很多冤狱。当时的许多公案类小说，就是反映这一情况的，本篇则是其中最突出的一篇。

在宋人话本里，本篇原题作《错斩崔宁》，它通过陈二姐与崔宁被官府错判、斩的经过，反映了南宋官府任意残杀无辜百姓的腐朽本质，以及人民群众与封建统治的深刻矛盾。

在这篇小说中，说话人的思想倾向是表现得十分鲜明强烈的。原题中的一个"错"字，就明确无误地表明了作者的看法——这是一桩冤假错案，而且说话人在故事的叙述中，还反复突出强调了这个"错"字，从而表现了作者对处于无权无势地位的被压迫者惨遭杀害的深切同情和对昏官错判的强烈义愤。作者的爱和恨、同情和谴责来得是如此强烈，以至竟按捺不住直接站出来发表议论："看官听说，这段公事，果然是小娘子与那崔宁谋财害命的时节，他两人须连夜逃走他方，怎的又去邻舍人家借宿一宵？明早又走到爹娘家去，却被人捉住了？这段冤枉，仔细可以推详出来。谁想问官糊涂，只图了事，不想捶楚之下，何求不得。……所以做官的，切不可率意断狱，任情用刑，也要求个公平明允。"这段话，揭露了封建社会里官吏滥施刑罚、胡乱判案、草菅人命的罪行，表现了作者对率意断狱、任情用刑的昏庸官吏的否定和批判，而期望有"公平明允"的清官出来为被害者主持正义、报仇申冤。这显然反映了受到封建压迫的、生命安全得不到保障的市民阶层以及更广大的人民群众的普遍愿望。可是，当时的官吏却多半是这样的贪官酷吏，既不公，又不明，"率意断狱，任情用刑"是常事，因而冤狱的产生就成为普遍的、必然的了。由于作者在思想认识上的局限性，所以对于官吏审案，只能看到他们"糊涂"、"捶楚"的表面现象，而不能进一步认识到问题的本质。因为封建官吏审案，专以拷打逼供为事，这是他们阶级本质使然，他们的职能原是镇压人民，欺骗人民。不认识这一点，就必然会把一切归咎于个别昏官，而无法揭露整个封建制度的罪恶。尤其是作者又将这个社会悲剧的产生归结为"戏言酿祸",认为一句"戏言"竟能酿成杀身大祸,故而"劝君出语须诚实,口舌从来是祸基。"这种肤浅可笑的认识,也反映了作者本人对生活认识上的思想矛盾,这表现在作品里,就使得小说的主题思想产生一种不确定性,当然会在一定程度上冲淡小说对昏官草菅人命的批判力量。作者的这种认识,实际上也是代表和反映了话本小说的主要接受对象——市民阶层的一些思想意识和心理特征。当时的市民阶层,一般社会地位较低,政治上无权,经济上也缺少强大的力量,因此,他们生活在一种如小说中所说的"世路窄狭,人心叵测"的黑暗社会里,随时都有可能遭到从天而降的不测之灾。他们为了能"避祸得福,持家养身",就从自己狭隘的生活经验出发,往往将各种灾祸或解释为个人命运不济,或认为是由生活中像开玩笑这样的偶然因素造成的。作者的结语同时也表现了市民阶层对于自己的生命财产感到没有保障,从而惴惴不安、诚惶诚恐的心理。

值得我们重视的是这篇小说的叙事艺术。所谓叙事艺术,就是讲故事的艺术。小说话本是要讲给人家听的,因此,说书艺人为了吸引听众,就要用生动曲折的故事情节来唤起人们的好奇心,引人入胜。冯梦龙将本篇收入《醒世恒言》时,改题为《十五贯戏言成巧祸》,一个"巧"字,就点明这篇小说在构成和组织故事情节时,是以"巧"为关节的,也就是利用凑巧的偶然性因素来编织故事的,即所谓"无巧不成书"。然而,在文学中,"巧"不是荒诞离奇,巧得出格就会陷于虚假,就会违背文学的艺术真实性原则;"巧"要巧得自然,巧得真实,巧得合情合理,在生活的逻辑上通得过去,才能造成一定的艺术真实感。这篇小说在利用偶然性因素组织发展情节时，多数情况是做到了偶然性中寓有必然性，较好地达到了"巧"与"真"的统一，因而不仅真实自然，合情合理，而且有较丰富的生活和思想内涵。比如，在构成故事里陈二姐和崔宁两人冤死悲剧的关键性情节中，作者都利用了生活中的偶然，一是刘贵醉后戏言，说因出于无奈，将陈二姐典卖与人，而陈二姐对这句恶作剧的玩笑话竟信以为真。这件事当然具有很大的偶然性，但一方面，小说极真实地刻画了陈二姐听了这话以后的心理活动：欲待不信，丈夫带回的十五贯钱就堆在面前，诈说是典身钱，也不容二姐不信；更何况丈夫还带着酒意，说是订了契约，吃了典主的酒，尤其入情入理，不由人不信；另一方面也是更重要的，是这一情节真实地反映了封建社会中在夫权统治下的妇女的悲惨命运，因为在当时的现实生活中，典当妇女的行为是合法的、司空见惯的事，如何不信？况且刘贵家里也的确穷困好久了，尽管陈二姐在平日里尚得丈夫"看承得好"，但在实在无法筹划生计时，丈夫也完全有可能对小老婆的她，下"这等狠心辣手"。陈二姐当时的心理活动以及建立在这种心理活动基础上的一系列行动，都是由这种社会现实决定的。因而这种开玩笑的偶然性因素中不仅包含着生活的必然性，而且还表现了社会生活中某些本质的方面。

另一个巧合是陈二姐在回娘家的路上偶然与卖丝回家的崔宁相遇并结伴同行，而崔宁身上携带的卖丝款又恰好是十五贯。但这一巧合对于众邻里的误会和昏官的误判来说，同样在偶然性中包含着必然性，有着深刻的社会原因。在封建时代，礼教统治十分严酷，男女同行被认为非奸即盗。所以陈二姐的背夫出走，与年轻男子同行，是触犯封建思想的，这就引起了维护封建思想的问官的憎恶，构成了错判的思想根源，而崔宁袋中的十五贯钱，也正是在这种特定的社会思想的背景下，才成为犯罪的铁证的。而左邻右舍之所以卸脱关系，只求案子快点了结，也无非是因为害怕官府胥吏的骚扰，多一事不如少一事的心理所驱使。这里不是写邻居的冷酷，而是从侧面来反映封建司法制度的阴森可怖。由此看来，构成情节发展的偶然性因素，如果包含了生活的必然，不仅可以使情节的发展合情合理，令人置信不疑，而且还可以更深刻地反映出生活的真实，表现出更丰富的社会内容。

由于公案小说的惯例，案情最后必须水落石出。也由于市民听众的心理习惯，他们的感情承担不了悲剧的结果，必须来点缓冲，来点补偿，于是作者便使真凶静山大王来吐露真情，伏法抵罪，以稍稍平息人们的不平。故事的结尾也是利用巧合来使崔陈冤案真相大白，为被害人伸冤报仇，包含有宿命论的观点。这种巧合虽不能说绝无可能，但却未反映出生活发展的逻辑，只能说是作者及其所代表的社会阶层的主观愿望的表达，而不能充分地表现出生活和历史的真实。这一失败的例子，也正好从反面证明了情节的组织安排，并不是一个单纯的技巧问题。作品形式上的毛病，往往正是导源于作品内容上的毛病。这一点是值得我们注意的。

杨思温燕山逢故人

《古今小说》

一夜东风，不见柳梢残雪。御楼烟暖，对鳌山彩结①。箫鼓向晚，凤辇初回宫阙②。千门灯火，九衢风月③。　　绣阁人人，乍嬉游困又歇。艳妆初试，把珠帘半揭。娇羞向人，手拈玉梅低说④。相逢长是，上元时节⑤。

这一首词，名《传言玉女》。乃胡浩然先生所作⑥。道君皇帝朝宣和年间⑦，元宵最盛。每年上元⑧：正月十四日，车驾幸五岳观凝祥池⑨，每常驾出，有红纱贴金烛笼二百对；元夕加以琉璃玉柱掌扇⑩，快行客各执红纱珠珞灯笼⑪。至晚还内，驾入灯山⑫。御辇院人员⑬，辇前唱《随竿媚》来⑭。御辇旋转一遭，倒行观灯山，谓之"鹁鸽旋"，又谓"踏五花儿"⑮，则辇官有赏赐矣⑯。驾登宣德楼，游人奔赴露台下⑰。十五日，驾幸上清宫⑱，至晚还内。上元后一日，进早膳讫，车驾登门卷帘，御座临轩⑲，宣百姓，先到门下者，得瞻天表⑳。小帽红袍独坐，左右侍近，帘外金扇执事之人。须臾下帘，则乐作，纵万姓游赏㉑。华灯宝烛，月色生辉，霏霏融融，照耀远迩㉒。至三鼓，楼上以小红纱灯缘索而至半，都人皆知车驾还内。当时御《夹钟宫小重山》词㉓，道：

"罗绮生香娇艳呈，金莲开陆海㉒，绕都城。宝舆四望翠峰青。东风急，吹下半天星。 万井贺升平。行歌花满路，月随人，纱笼一点御灯明。箫韶远，高宴在蓬瀛㉖。"

今日说一个官人，从来只在东京看这元宵㉖；谁知时移事变，流寓在燕山看元宵㉗。那燕山元宵却如何？

虽居北地，也重元宵。未闻鼓乐喧天，只听胡笳聒耳㉘。家家点起，应无陆地金莲；处处安排，那得玉梅雪柳㉙？小番鬓边挑大蒜，岐婆头上带生葱㉚。汉儿谁负一张琴，女们尽敲三棒鼓㉛。

每年燕山市井，如东京制造，到己酉岁方成次第㉜。当年那燕山装那鳌山，也赏元宵，士大夫百姓皆得观看。这个官人，本身是肃王府使臣㉝，在贵妃位掌笺奏㉞，姓杨，双名思温，排行第五，呼为杨五官人。因靖康年间㉟，流寓在燕山；犹幸相逢姨夫张二官人，在燕山开客店，遂寓居焉。杨思温无可活计，每日肆前与人写文字㊱，得些胡乱度日，忽值元宵，见街上的人皆去看灯，姨夫也来邀思温看灯，同去消遣旅况㊲。思温情绪索然，辞姨夫道："看了东京的元宵，如何看得此间元宵？姨夫自稳便先去㊳，思温少刻追陪。"张二官人先去了。

杨思温挨到黄昏，听得街上喧闹，静坐不过，只得也出门来看燕山元宵。但见：

莲灯灿烂，只疑吹下半天星；士女骈阗，便是列成王母队㊴。一轮明月婵娟照，半是京华流寓人㊵。

见街上往来游人无数。思温行至昊天寺前㊶，只见真金身铸五十三参㊷；铜打成幡竿十丈，上有金书"敕赐昊天悯忠禅寺"㊸。

思温入寺看时，佛殿两廊，尽皆点照。信步行到罗汉堂，乃浑金铸成五百尊阿罗汉[44]。入这罗汉堂，有一行者[45]，立在佛座前化香油钱，道："诸位看灯檀越[46]，布施灯油之资[47]，祝延福寿。"思温听其语音，类东京人，问行者道："参头[48]，仙乡何处？"行者答言："某乃大相国寺河沙院行者[49]，今在此间复为行者，请官人坐于凳上，闲话则个。"思温坐凳上，正看来往游人，睹一簇妇人[50]，前遮后拥，入罗汉堂来。内中一个妇人与思温四目相盼，思温睹这妇人

打扮,好似东京人。但见:

> 轻盈体态,秋水精神。四珠环胜内家妆,一字冠成
> 官里样。未改宣和装束,犹存帝里风流㉛。

思温认得是故乡之人,感慨情怀,闷闷不已,因而困倦,假寐片时㉜。那行者叫得醒来,开眼看时,不见那妇人。杨思温嗟呀道:"我却待等他出来,恐有亲戚在其间,相认则个,又挫过了㉝。"对行者道:"适来入院妇女何在㉞?"行都道:"妇女们施些钱去了,临行道:'今夜且归,明日再来做些功德,追荐亲戚则个㉟。'官人莫闷,明日却来相候不妨。"思温见说,也施些油钱,与行者相辞了,离罗汉院。绕寺寻遍,忽见僧堂壁上,留题小词一首,名《浪淘沙》㊱:

> "尽日倚危栏,触目凄然,乘高望处是居延㊲。忍听
> 楼头吹画角,雪满长川㊳。　　荏苒又经年,暗想南园,
> 与民同乐午门前㊴。僧院犹存宣政字㊵,不见鳌山。"

杨思温看罢留题,情绪不乐。归来店中,一夜睡不着。巴到天明起来㊶,当日无话得说。

至晚,分付姨夫,欲往昊天寺,寻昨夜的妇人。走到大街上,人稠物攘,正是热闹。正行之间,忽然起一阵雷声,思温恐下雨,惊而欲回。抬头看时,只见:

> 银汉现一轮明月,天街点万盏华灯㊷。宝烛烧空,
> 香风拂地。

仔细看时,却见四围人从,拥着一轮大车,从西而来。车声动地,跟随番官,有数十人。但见:

> 呵殿喧天,仪仗塞路㊸。前面列十五对红纱照道㊹,
> 烛焰争辉;两下摆二十柄画杆金枪,宝光交际。香车似

宋元话本

箭,侍从如云。

车后有侍女数人,其中有一妇女穿紫者,腰佩银鱼⑥,手持净巾,以帛拥项。思温于月光之下,仔细看时,好似哥哥国信所掌仪韩思厚妻、嫂嫂郑夫人意娘⑯。这郑夫人,原是乔贵妃养女⑰,嫁得韩掌仪,与思温都是同里人,遂结拜为表兄弟,思温呼意娘为嫂嫂。自后暌离,不复相问⑱。著紫的妇人见思温,四目相睹,不敢公然招呼。思温随从车子到燕市秦楼住下,车尽入其中。贵人上楼去,番官人从楼下坐。原一秦巡最广大,便似东京白樊楼一般⑲;楼上有六十个阁儿,下面散铺七八十副卓凳⑳。当放卖酒,合堂热闹。

　　杨思温等那贵家人酒肆,去秦楼里面坐地,叫过卖至前㉑。那人见了思温便拜,思温扶起道:“休拜。”打一认时㉒,却是东京白樊楼过卖陈三儿。思温甚喜,就教三儿坐,三儿再三不敢,思温道:“彼此都是京师人,就是他乡遇故知,同坐不妨。”唱喏了方坐。思温取出五两银子与过卖,分付收了银子,好好供奉数品荤素酒菜上来,与三儿一面吃酒说话。三儿道:“自丁未年至此,拘在金吾宅作奴仆㉓。后来鼎建秦楼,为思旧日樊楼过卖,乃日纳买工钱八十,故在此做过卖。幸与官人会面。”正说话间,忽听得一派乐声。思温道:“何处动乐?”三儿道:“便是适来贵人上楼饮酒的韩国夫人宅眷。”思温问韩国夫人事体,三儿道:“这夫人极是照顾人,常常夜间将带宅眷来此饮酒,和养娘各坐。三儿常上楼供过伏事㉔,常得夫人赏赐钱钞使用。”思温又问三儿:“适间路遇韩国夫人,车后宅眷从里,有一妇人,似我嫂嫂郑夫人,不知是否?”三儿道:“即要复官人,三儿每上楼,供过众宅眷时,常见夫人,又恐不是,不敢厮认㉕。”思温遂告三儿道:“我有件事相烦你,你如今上楼供过韩国夫人宅眷时,就寻郑夫人。做我传语道㉖:

'我在楼下专候夫人下来，问哥哥详细。'"三儿应命上楼去，思温就座上等一时。只见三儿下楼，以指住下唇，思温晓得京师人市语⁷，恁地乃了事也。思温问："事如何？"三儿道："上楼得见郑夫人，说道：'五官人在下面等夫人下来，问哥哥消息。'夫人听得，便垂泪道：'叔叔原来也在这里。传与五官人，少刻便下楼，自与叔叔说话。'"思温谢了三儿，打发酒钱，乃出秦楼门前，伫立悬望⁷⁸。不多时，只见祗候人从入去⁷⁹，少刻番官人从簇拥一辆车子出来。思温候车子过，后面宅眷也出来，见紫衣佩银鱼、项缠罗帕妇女，便是嫂嫂。思温进前，共嫂嫂叙礼毕，遂问道："嫂嫂因何与哥哥相别在此？"郑夫人揾泪道⁸⁰："妾自靖康之冬，与兄赁舟下淮楚，将至盱眙⁸¹，不幸箭穿驾手，刀中艄公⁸²，妾有乐昌破镜之忧⁸³，汝兄被缧绁缠身之苦⁸⁴，为虏所惊，其酋撒八太尉相逼，我义不受辱，为其执虏至燕山。撒八太尉恨妾不从，见妾骨瘦如柴，遂鬻妾身与祖氏之家，后知是娼户⁸⁵，自思是品官妻，命官女⁸⁶，生如苏小卿何荣⁸⁷？死如孟姜女何辱⁸⁸？暗抽裙带自缢梁间。被人得知，将妾救了。撒八太尉妻韩夫人闻而怜我，亟令救命，留我随侍。项上疮痕，至今未愈，是故项缠罗帕。仓皇别良人⁸⁹，不知安往？新得良人音耗：当时更衣遁走，今在金陵⁹⁰，复还旧职，至今四载，未忍重婚。妾燃香炼顶⁹¹，问卜求神，望金陵之有路，脱生计以无门。今从韩国夫人至此游宴，既为奴仆之躯，不敢久语。叔叔叮咛，蓦遇江南人，倩教传个音信⁹²。"杨思温欲待再问其详，俄有番官手持八棱抽攘⁹³，向思温道："我家奴婢，更夜之间⁹⁴，怎敢引诱？"拿起抽攘，迎脸便打。思温一见来打，连忙急走。那番官脚跛行迟⁹⁵，赶不上。走得脱，一身冷汗。慌忙归到姨夫客店。张二官见思温走回喘吁吁地，问道："做甚么直恁慌张？"思温将前事一一告诉。张二官见说，嗟呀不已。安排三杯与思温曜索⑥。思温想起哥哥韩忠翊嫂嫂郑夫人⑰，那里吃得酒下。

讲一讲

　　本篇原载《古今小说》卷二四。《古今小说》为明末冯梦龙搜集、整理、编纂的短篇白话小说集。全书四十卷，收录小说四十篇。初刊于明天启元年（1621 年）。后改名《喻世明言》，与冯氏随后刊行的《警世通言》、《醒世恒言》合称"三言"。"三言"所收作品，既有宋元旧作，也有明人包括冯氏本人的拟作，而文字则大都经过冯梦龙的统一加工和润色。"三言"中有些作品揭露当时社会黑暗，表现市民阶层及被压迫妇女的反封建思想，有一定的社会意义；但宣扬封建伦理道德、因果报应及渲染色情的也为数不少。

　　① 鳌（áo）山：宋时于元宵节夜，放花灯庆祝，堆叠彩灯为山形，称为鳌山。

　　② 凤辇：帝王之车。宫阙：古时帝王所居宫门双阙，故称宫殿为宫阙。这里指皇宫。

　　③ 九衢（qú）：四通八达的道路。

　　④ 玉梅：一种用绢、纸剪的假花，宋时元宵节妇女戴在头上作为装饰。

　　⑤ 上元：农历正月十五日为上元。

　　⑥ 胡浩然：宋代词人，生平不详。此词实际上是北宋时晁叔用所作。晁叔用，字冲字。《乐府雅词》及《花草粹编》卷八，作者均题晁叔用，文字略有出入。《全宋词》收入卷六七。

　　⑦ 道君皇帝：即宋徽宗赵佶，因他崇奉道教，自称为"玉清教主微妙道清皇帝。"宣和：宋徽宗年号（1119～1125）。

⑧ "每年上元"至"都人皆知车驾返内"一节所述宋代庆赏元宵的繁盛景象,亦见孟元老《东京梦华录》卷六《元宵》等条。孟记尤为详尽,文字小有出入。

⑨ 车驾:本指马驾的车。此处作为皇帝的代称。幸:封建时代称皇帝亲临为幸,如临幸,巡幸。又,为帝王所宠爱也称幸。此处用的前一种意思。五岳观:宋汴京(今河南开封)外城正南门(即南薰门)内东北处,观内祠五岳之神。凝祥池:宋真宗时开凿,在汴京外城东南,惠民河水门(即普济水门)之西,五岳观之后。北宋统治者照例每年正月十四日去五岳观,并在凝祥池举行宴会。

⑩ 元夕:元宵。

⑪ 快行客:《东京梦华录》作快行家,即御前急足使。

⑫ 灯山:北宋时庆祝元宵佳节,常在开封府宣德楼前扎缚灯棚,上面绘画结彩,作各种神仙故事及飞龙、瀑布等形状,号为彩山,又名灯山或鳌山。参见注①。

⑬ 御辇院:即车辂院,掌管皇帝的车驾。

⑭ 《随竿媚》:当是歌舞曲调名目之一。

⑮ 鹁(bó)鸽:鸽子的异名。鹁鸽旋:车辇旋转的形式。踏五花儿:因旋转时走遍四方和中央五方而得名。

⑯ 辇官:即御辇院官员。

⑰ 宣德楼:北宋汴京宫城的正门。露台:露天戏台,供艺人表演杂剧等之用。北宋汴京每逢元宵,官府在宣德楼下用苏枋木搭成露台一座,栏杆结彩,上有教坊司钧容直的艺人表演杂剧。

⑱ 上清宫:道观名,在北宋汴京外城东壁门(即新宋门)里

街北。

⑲　临轩：皇帝不坐正殿而至殿前。（殿前）堂的前沿，周围有栏杆之处称做轩。

⑳　天表：皇帝的仪容。

㉑　须臾：一会儿。纵：放任。

㉒　华（huá）灯：装饰华丽的灯台。远迩（ěr）：远近。

㉓　御制《夹钟宫小重山》词：御制，皇帝新自撰写。夹钟宫是宫调的名称，小重山是词调名。宋徽宗此词，亦见《花草粹编》卷六，文字略有出入。《全宋词》收入卷一。

㉔　金莲：指贴金作莲花形的灯。下文"家家点起，应无陆地金莲"语，也是指灯。陆海：本指陆地，因金莲灯范围广大，望之如在海中。

㉕　箫韶：韶乐，相传为舜所作。蓬瀛：相传为海上仙山。

㉖　东京：五代后梁以汴州为开封府，建为东都。后晋天福三年改称东京。后汉、后周及北宋皆以此为都城。

㉗　流寓：寄居他乡。燕山：府名，即燕京，今北京。辽置燕京，宋徽宗宣和四年（1112 年）十月，改燕京为燕山府。

㉘　胡笳：我国古代北方民族的管乐器。相传由汉张骞从西域传入。其音悲凉。聒（guō）耳：声多乱耳。

㉙　雪柳：一种由纸或绢制的花草。宋时立春日及元宵节妇女插戴为饰。

㉚　小番：番兵。岐婆：番婆。岐：种族名。宋称女真妇女为岐婆，或作耆婆，就如现在所说的蛮婆。

㉛　三棒鼓：即花鼓。用三棒上下交替抛掷击鼓，唐代称三杖鼓。

㉜ 己酉岁：即宋高宗建炎三年（1129 年），金太宗天会七年，正是金兵攻陷南京，宋高宗逃奔镇江的时候。次第：此处指规模。

㉝ 肃王：即宋徽宗赵佶的第五个儿子赵枢。

㉞ 贵妃位：皇帝、后妃、亲王的位次，称为位；他们的属下，称为位下。贵妃位，即在贵妃位下。笺奏：表章奏记之类。

㉟ 靖康：宋钦宗年号（1126～1127）。

㊱ 活计：生计，谋生的手段。无可活计，即无法谋生的意思。肆：旧时的铺子、商店、茶坊、酒店都叫肆。

㊲ 消遣：消解，排遣。旅况：旅途的景观。这里指客居他乡的愁闷。

㊳ 稳便：这里意为自便、请便，是客套语。

㊴ 骈阗（pián tián）：叠韵连绵词，聚会的意思。王母：即西王母，古代神话传说中的神仙。

㊵ 婵娟：亦指明月。京华：中华京城。

㊶ 昊天寺：即下文的昊天悯忠禅寺，是金代燕京著名大寺，辽道宗清宁五年建，故址在今北京西便门大街西面。

㊷ 真金身铸五十三参：指金铸佛像有五十三座。五十三参：指文殊、佛母、比丘等五十三尊菩萨。佛经说，善财童子遍参五十三佛祖，最后得成正果。所以佛教中就称这五十三尊菩萨为五十三参。

㊸ 幡：旗类，条幅下垂。幡竿：竿头挂上旗幡，称做幡竿。敕（chì）：南北朝以后，专称君主的诏命为"敕"。

㊹ 罗汉：佛教语。梵文的音译。也译作阿罗汉。是小乘教称圣者的名位。释迦牟尼的弟子中称阿罗汉的有舍利弗等十六

人，其后或增至十八、一百零八以至五百之数。

㊺ 行者：佛教徒出家而未正式披剃（削发）的人。

㊻ 檀越：佛家称施主为檀越。

㊼ 布施：佛教语。梵语檀那，为六波罗密之一。分为三种：一财施，指施舍财物救济贫人；二法施，指说法度人；三无畏施，指以无畏施于人，救人厄难。这里只是指捐施给寺庙的钱财，即所谓的香油钱。

㊽ 参头：寺庙中一种僧职的名称，熟习礼乐，负责指导来自四方的云游僧侣。

㊾ 大相国寺河沙院：北宋时东京有名的佛教大寺，分成惠林院、宝梵院、智海院、河沙院等许多院舍，每院都有住持僧。《东京梦华录》卷二《宣和楼前省府宫宇》条，记有大相国寺街道位置。

㊿ 一簇：一群。

51 内家妆：宫中装束。内家：宫女。一字冠：头巾的一种。相传起于宋韩世忠。传统剧中丑角扮书童常戴此。帝里：皇帝的居处。这里指北宋东京。

52 假寐：不脱衣而睡。

53 挫过：错过。

54 适来：刚才。

55 做功德：为死者念经做佛事，超荐亡灵，叫"做功德。"追荐：诵经拜忏以超度死者。

56 《浪淘沙》：词调名。此词亦见《花草粹编》卷五，词牌作"过龙门"，作者标为郑意娘，文字稍有不同。《全宋词》收入附录一。

(57) 危栏:高楼上的栏杆。居延:地名,今甘肃省北部。汉武帝时于此筑遮虏障,亦名居延塞。

(58) 画角:古乐器名。据说传自黄帝,或说传自羌族。形如竹筒,主干细,末端大,用竹木或皮制作,也有用铜的。外加彩绘,故称画角。后渐用以横吹,发音哀厉高亢,古时军中多用来在黄昏、拂晓时吹奏,提醒士卒振奋。帝王外出,也用以报警戒严。

(59) 荏苒(rěn rǎn):时间不知不觉地过去。午门:帝王宫城的正门。

(60) 宣政:宣和、政和的合并省称,都是宋徽宗的年号。

(61) 巴到:犹言盼到,等到。

(62) 银汉:天河,银河。天街:京城中的街道。

(63) 呵殿:本指官僚出行时前呼后拥的随从人员,这里指这些随从呼喝开道的声音。

(64) 红纱:此指红纱灯笼。

(65) 银鱼:银制成鱼形的装饰品,为五品以下官员或命妇所佩。

(66) 国信所掌仪:两国通使,以符节文书为征信,称国信。宋国信所是鸿胪寺属官,专管辽、金使者交聘往来事务。掌仪:官名。仪仗:仪卫的兵杖。

(67) 乔贵妃:宋徽宗之妃,靖康之役,被金人掳掠北去不还。

(68) 睽(kuí)离:分离,别离。不复相问:不再互通音讯。

(69) 东京白樊楼:即白矾楼,后改为丰乐楼,宣和年间重修。《东京梦华录》卷二《酒楼》条载此楼:“三层相高,五楼相向,各有飞桥栏槛,明暗相通。珠帘绣额,灯烛晃耀。初开数日,每先到者赏金旗”,可见其阔大豪华场面。

⑦ 阁儿：酒阁子，设有客座间隔的小房间。散铺：大厅中散开的座位。

⑦ 过卖：犹今之堂倌。

⑦ 打一认：认一认。"打"是宋元俗语，常置动词前。

⑦ 丁未：宋钦宗靖康二年，亦即高宗建炎元年（1127 年），这年金人攻陷汴京，掳掠徽、钦二宗北行，人民被掳的也很多，故陈三儿亦在燕山为奴。金吾：官名，管京城兵卫之事。

⑦ 供过：供役做过，犹言当差。供：受命做事。伏事：服侍。

⑦ 厮认：相认。

⑦ 做：替。

⑦ 市语：行话，隐语。

⑦ 伫立：长时间立着。悬望：引颈遥望。

⑦ 祗候：供奔走的小吏。

⑧ 揾（wèn）：揩拭。

⑧ 赁（lìn）：租。淮楚：这里指淮河流域，指由江苏到安徽。盱眙：县名，今安徽凤阳县东。

⑧ 驾手：即篙手，撑船的人。稍公：掌舵的人。也泛指船家。

⑧ 乐昌破镜：据《本事诗》记载，陈后主的妹妹乐昌公主嫁给太子舍人徐德言。陈将亡，二人把一面镜子分成两半，各执其一，作为他日重见时的凭证。陈亡，乐昌公主被杨素所掳。徐德言至京城，正月十五日遇一人叫卖破镜，与自己所藏半镜相合，于是在镜上题诗："镜与人俱去，镜归人不归；无复嫦娥影，空留明月辉。"公主见诗，悲泣不食。杨素得知后，使公主与徐德言重新团圆。此处"乐昌破镜之忧"即指自己可能因被掳而与丈夫别离。

㊿ 缧绁：本为套罪人的绳索，后人将入狱或被拘也称为缧绁。

㊺ 鬻(yù)：卖。娼户：经营妓院的人家。

㊻ 品官妻：叙了品级的官员的妻子。命官女：受了诰命的官员的女儿。

㊼ 苏小卿：宋代传说，她是庐州妓女，爱上了书生双渐，鸨母却把她卖给了茶商冯魁。后来双渐成名，二人终于经官府判决成为夫妇。

㊽ 孟姜女：世传秦始皇时，有范杞梁被征发筑长城，其妻孟姜女送寒衣至役所，杞梁已死，尸筑城墙内，孟姜女哭于城墙下，城墙为之崩塌。

㊾ 仓皇：匆忙，慌张，同"仓惶"。良人：丈夫。

⑨⓪ 音耗：音讯。金陵：今江苏省南京市。

⑨① 燃香炼顶：用香在头顶上烧着，祈祷的形式之一。古代佛教徒常在自己身上燃灯焚香，以此苦肉法来表示虔诚。

⑨② 蓦(mò)遇：一旦遇着。蓦：忽然。倩：请。

⑨③ 抽攘：鞭棍一类的东西。

⑨④ 更夜：深夜。

⑨⑤ 迒：距离远。

⑨⑥ 嚯索：喝酒，消遣。嚯：即嘘，借作喝。

⑨⑦ 忠翊：即忠翊郎，宋代武官散阶，正九品。

愁闷中过了元宵，又是三月，张二官向思温道："我出去两三日即归，你与我照管店里则个。"思温问"出去何干?"张二官人道："今两国通和，奉使至维扬①，买些货物便回。"杨思温见姨夫张二官出去,独自无聊,昼长春困,散步大街至秦楼。入楼闲望一晌,乃见一过卖至前唱喏,便叫:"杨五官!"思温看时,好生面熟,却又不是陈三,是谁?过卖道:"男女东京寓仙酒楼过卖小王②。前时陈三儿被左金吾叫去,不令出来。"思温不见三儿在秦楼,心下越河,胡乱买些点心吃,便问小王道:"前次上元夜韩国夫人来此饮酒,不知你识韩国夫人住处么?"小王道:"男女也曾问他府中来,道是天王寺后。"说犹未了,思温抬头一看,壁上留题墨迹未干。仔细读之,题道:"昌黎韩思厚舟发金陵,过黄天荡③,因亡妻郑氏,船中作相吊之词",名《御阶行》④:

> "合和朱粉千余两,捻一个,观音样⑤。大都却似两三分⑥,少付玲珑五脏。等待黄昏,寻好梦底,终夜空劳攘。　香魂媚魄如何往?料只在,船儿上。无言倚定小门儿,独对滔滔雪浪。若将愁泪,还做水算,几个黄天荡。"

杨思温读罢,骇然魂不附体:"题笔正是哥哥韩思厚,怎地是嫂嫂没了。我正月十五日秦楼亲见,共我说话,道在韩国夫人宅为侍妾,今却没了。这事难明。"惊疑未决,遂问小王道:"墨迹未干,题笔人何在?"小王道:"不知。如今两国通和,奉使至此,在本道馆驿安歇。适来四五人来此饮酒,遂写于此。"说话的,错说了!使命入国,岂有出来闲走买酒吃之理?按《夷坚志》载⑦:那时法禁未立,奉使官听从与外人往来。当日是三月十五日,杨思温问:"本道馆在何处?"小王道:"在城南。"思温还了酒钱下楼,急去本道馆,寻韩思厚。到得道馆,只见苏许二掌仪在馆门前闲看。二人都是旧日相识,认得思温,近前唱喏,还礼毕。问道:"杨兄何来?"思温道:"特来寻哥哥韩掌仪。"二人道:"在里面会文字⑧，容入去唤他出来。"二人遂入去，叫韩掌仪出到馆前。思温一见韩掌仪，连忙下拜，一悲一喜，便是他乡遇契友，燕山逢故人。思温问思厚："嫂嫂安乐？"思厚听得说，两行泪下，告诉道："自靖康之冬，与汝嫂顾船⑨，将下淮楚，路至盱眙，不幸箭穿篙手，刀中艄公，尔嫂嫂有乐昌破镜之忧，兄被缧绁缠身之苦。我被虏执于野寨，夜至三鼓，以苦告得脱⑩，然亦不知尔嫂嫂存亡。后有仆人周义，伏在草中，见尔嫂被虏撒八太尉所逼，尔嫂义不受辱，以刀自刎而死。我后奔走行在，复还旧职。"思温问道："此事还是哥哥目击否⑪？"思厚道："此事周义亲自报我。"思温道："只恐不死。今岁元宵，我亲见嫂嫂同韩国夫人出游，宴于秦楼。思温使陈三儿上楼寄信，下楼与思温相见。所说事体，前面与哥哥一同，也说道：'哥哥复还旧职，到今四载，未忍重婚。'"思厚听得说，理会不下⑫，思温道："容易决其死生。⑬何不同往天王寺后韩国夫人宅前打听，问个明白？"思厚道："也说得是。"乃入馆中，分付同事，带当直随后⑭，二人同行。

　　倏忽之间⑮，走至天王寺后。一路上悄无人迹，只见一所空宅，门生蛛网，户积尘埃，荒草盈阶，绿苔满地，锁着大门。杨思温道："多是后门。"沿墙且行数十岁，墙边只有一家，见一个老儿在里面打丝线，向前唱喏道："老丈⑯，借问韩国夫人宅那里进去？"老儿禀性躁暴，举止粗疏，全不睬人。二人再四问他，只推不知。顷间，忽有一老妪提着饭篮，口中喃喃埋冤，怨畅那大伯。二人遂与婆婆唱喏，婆子还个万福，语音类东京人。二人问韩国夫人宅在那里，婆子正待说，大伯又埋怨多口⑰。婆子不管大伯，向二人道："媳妇是东京人，大伯是山东拗蛮⑱，老媳妇没兴嫁得此畜生，全不晓事⑲；逐日送些茶饭，嫌好道歹，且是得人憎⑳。便做到官人问句话^㉑，就说何妨？"那大伯口中又哓哓的不住^㉒，婆子不管他，向二人道："韩国夫人宅前面销着空宅便是。"二人吃一惊，问："韩夫人可在？"婆子道："韩夫人前年化去了^㉓，他家搬移别处，韩夫人埋在花园内。官人不信时，媳妇同去看一看，好么？"大伯又说："莫得入去，官府知道，引惹事端带累我。"婆子不睬，同二人便行。路上就问："韩国夫人宅内有郑意娘^㉔，今在否？"婆子便道："官人不是国信所韩掌仪，名思厚？这官人不是杨五官、名思温么？"二人大惊，问："婆婆如何得知？"婆子道："媳妇见郑夫人说。"思厚又问："婆婆如何认得？拙妻今在甚处？"婆婆道："二年前时，有撒八太尉，曾于此宅安下。其妻韩国夫人崔氏，仁慈恤物，极不可得。常唤媳妇入宅，见夫人说：撒八太尉自盱眙掠得一妇人，姓郑，小字意娘，甚为太尉所喜。意娘誓不受辱，自刎而死。夫人悯其贞节，与火化，收骨盛匣。以后韩夫人死，因随葬在此园内。虽死者与活人无异，媳妇入园内去，常见郑夫人出来。初时也有些怕，夫人道：'婆婆莫怕，不来损害婆婆，有些衷曲间告诉则个。'夫人说道京师人，姓郑，名意娘。幼年进入乔贵妃位做养女，后出嫁忠翊郎韩思厚。有结义叔叔杨五官，名思温。一一与老媳妇说。又说盱眙事迹，'丈夫见在金陵为官，我为他守节而亡。'寻常阴雨时，我多入园中，与夫人相见闲话。官人要问仔细，见了自知。"

三人走到适来锁着的大宅，婆婆逾墙而入^㉕；二人随后，也入里面去，只见打鬼净净的一座败落花园。三人行步间，满地残英芳草；寻访妇人，全没踪迹。正面三间大堂，堂上有个屏风，上面山水，乃郭熙所作^㉖。思厚正看之间，忽然见壁上有数行字。思厚细看字体柔弱，全似郑意娘夫人所作。看了大喜道："五弟，嫂

嫂只在此间。"思温问:"如何见得?"思厚打一看,看其笔迹,乃一词,词名《好事近》^②:

> "往事与谁论?无语暗弹泪血。何处最堪怜?肠断黄昏时节^②。　　　倚楼凝望又徘徊,谁解此情切?
>
> 何计可同归雁?趁江南春色。"

后写道:"秀春望后一日作^②。"二人读罢道:"嫂嫂只今日写来,可煞惊人^③。"行至侧首,有一座楼,二人共婆婆扶着栏杆登楼。至楼上,又有巨屏一座,字体如前,写着《忆良人》一篇,歌曰:

> "孤云落日春云低,良人宵宵羁天涯^③。
>
> 东风蝴蝶相交飞,对景令人益惨凄。
>
> 尽日望郎郎不至,素质香肌转憔悴。
>
> 满眼韶华似酒浓^②,花落庭前鸟声碎。
>
> 孤帏悄悄夜迢迢,漏尽灯残香已销^③。
>
> 秋千院落久停戏,双悬彩索空摇摇。
>
> 眉兮眉兮春黛蹙,泪兮泪兮常满掬。
>
> 无言独步上危楼^③,倚遍栏杆十二曲。
>
> 荏苒流光疾似梭,滔滔逝水无回波;
>
> 良人一去不复返,红颜欲老将如何?"

韩思厚读罢,以手拊壁而言:"我妻不幸为人驱虏。"正看之间,忽听杨思温急道:"嫂嫂来也!"思厚回头看时,见一妇人,项拥香罗而来。思温仔细认时,正是秦楼见的嫂嫂。那婆婆也道:"夫人来了!"三人大惊,急走下楼来寻,早转身入后堂左廊下,趋入一阁子内去。二人惊惧,婆婆道:"既已到此,可同去阁子里看一看。"婆子引二人到阁前,只见关着阁子门,门上有牌面写道:"韩国夫人影堂^③。"婆子推开槅子^③,三人入阁子中看时,却是安排供养着一个牌位，上写着："亡室韩国夫人之位。"侧边有一个轴画，是意娘也；牌位上写着："侍妾郑意娘之位。"面前供卓㊲，尘埃尺满。韩思厚看见影神上衣服容貌，与思温元夜所见的无二，韩思厚泪下如雨。婆子道："夫人骨匣，只在卓下，夫人常提起，教媳妇看，是个黑漆匣，有两个锸石环儿㊳。每遍提起，夫人须哭一番，和我道：'我与丈夫守节丧身，死而无怨。'"思厚听得说，乃恳婆子同揭起砖，取骨匣归葬金陵，当得厚谢。婆婆道："不妨。"三人同掇起供卓，揭起花砖去掇匣子㊴，用力掇之下，不能得起，越掇越牢。思温急止夫人："莫掇，莫掇！哥哥须晓得嫂嫂通灵，今既取去，也要成礼。且出此间，备些祭仪，作文以白嫂嫂㊵，取之方可。"韩思厚道："也说得是。"三人再逾墙而去，到打缲婆婆家，令仆人张谨买下酒脯、香烛之物，就婆婆家做祭文。等至天明，一同婆婆、仆人般挈祭物，逾墙而入。在韩国夫人景堂内，铺排供养讫。

等至三更前后，香残烛尽，杯盘零落，星宿渡河汉之候，酌酒奠飨，三奠已毕㊶。思厚当灵筵下披读祭文，读罢流泪如倾；把祭文同纸钱烧化，忽然起一阵狂风。这风吹得烛有光以无光，灯欲灭而不灭，三人浑身汗颤。风过处，听得一阵哭声，风定烛明，三人看时，烛光之下，见一妇女，媚脸如花，香肌似玉，项缠罗帕，步蹙金莲，敛袂向前㊷，道声："叔叔万福。"二人大惊，叙礼。韩思厚执手向前，哽咽流泪。哭罢，郑夫人向着思厚道："昨者盱眙之事，我夫今已明矣。只今元夜秦楼，与叔叔相逢，不得尽诉衷曲。当时妾若贪生，必须玷辱我夫。幸而全君清德若瑾瑜，弃妾性命如土芥㊸；致有今日，生死之隔，终天之恨。"说罢，又哭一次。婆婆劝道："休哭，且理会迁骨之事。"郑夫人收哭而坐，三人进些饮

宋元话本

馔,夫人略餐些气味。思温问:"元夜秦楼下相逢,嫂嫂为韩国夫人宅眷,车后许多人,是人是鬼?"郑夫人道:"太平之世,人鬼相分;今日之世,人鬼相杂。当时随车,皆非人也。"思厚道:"贤妻为吾守节而亡,我当终身不娶,以报贤妻之德。今愿迁贤妻之香骨,共归金陵可乎?"夫人不从道:"婆婆与叔叔在此,听奴说。今蒙贤夫念妾孤魂在此,岂不愿归从夫?然须得常常看我,庶几此情不隔冥漠㊣。倘若再娶,必不我顾,则不如不去为强。"三人再

三力劝，夫人只是不肯，向思温道："叔叔岂不知你哥呵心性，我在生之时，他风流性格，难以拘管。今妾已作故人，右随他去，怜新弃旧，必然之理。"思温再劝道："嫂嫂听思温说，哥哥今来不比往日，感嫂嫂贞节而亡，决不再娶。今哥哥来取，安忍不随回去？愿从思温之言。"夫人向二人道："谢叔叔如此苦苦相劝，若我夫果不昧心，愿以一言为誓，即当从命。"说罢，思厚以酒沥地为誓⑮："若负前言，在路盗贼杀戮，在水巨浪覆舟。"夫人急止思厚："且住，且住，不必如此发誓。我夫既不重娶，愿叔叔为证见。"道罢，忽地又起一阵香风，香过遂不见了夫人。三人大惊讶，复添上灯烛，去供卓底下揭起花砖，款款掇起匣子，全不费力。收拾逾墙而出，至打缠婆婆家。次晚，以白银三两，谢了婆婆；又以黄金十两，赠与思温，思温再辞方受。思厚别了思温，同仆人张谨带骨匣归本驿。俟月余，方得回书，令奉使归。思温将酒饯别，再三叮咛："哥哥无忘嫂嫂之言。"

思厚同一行人从，负夫人骨匣，出燕山丰宜门⑯，取路而归，月余方抵盱眙。思厚到驿中歇泊，忽一人唱喏便拜。思厚看时，乃是旧仆人周义，今来谢天地，在此做个驿子。遂引思厚入户，只见挂一幅影神，画着个妇人；又有牌位儿上写着：亡主母郑夫人之位。思厚怪而问之，周义道："夫人贞节，为官人而死，周义亲见，怎的不供奉夫人？"思厚因把燕山韩夫人宅中事，从头说与周义；取出匣子，教周义看了，周义展拜啼哭。思厚是夜与周义抵足而卧。

至次日天晓，周义与思厚道："旧日二十余口，今则惟影是伴，情愿伏事官人去金陵。"思厚从其请，将带周义归金陵。思厚至本所，将回文呈纳。周义随着思厚，卜地于燕山之侧，备礼埋葬夫人骨匣毕。思厚不胜悲感，三日一诣坟所飨祭，至暮方归，遂令周义守坟茔。

忽一日，苏掌仪、许掌仪说："金陵土星观观主刘金坛，虽是个女道士，德行清高，何不同往观中，做些功德，追荐令政⑪？"思厚依从，选日，同苏、许二人到土星观来访刘金坛时，你说怎生打扮？但见：

> 顶天青巾，执象牙简，穿白罗袍，著翡翠履⑱。不施朱粉，分明是梅萼凝霜⑲；淡伫精神，仿佛如莲花出水。仪容绝世，标致非凡⑳。

思厚一见，神魂散乱，目睁口呆。叙礼毕，金坛分付一面安排做九幽醮㉛，且请众官到里面看灵芝。三人同入去，过二清殿、翠华轩，从八卦坛房内，转入绛绡馆，原来灵芝在绛绡馆。众人去看灵芝，惟思厚独入金坛房内闲看。但见明窗净几，铺陈玩物。书案上文房四宝㉜，压纸界方下露出些纸㉝，信手取看时，是一幅词，上写着《浣溪沙》㉞：

　　"标致清高不染尘，星冠云氅紫霞裙㉟，门掩斜阳无

　　一事，抚瑶琴。　　　虚馆幽花偏惹恨，小窗闲月最销

　　魂。此际得教还俗去，谢天尊！"

韩思厚初观金坛之貌，已动私情；后观纸上之词，尤增爱念。乃作一词，名《西江月》㊱，词道：

　　"玉貌何劳朱粉？江梅岂类群花？终朝隐几论黄

　　芽㊲，不顾花前月下。　　　冠上星簪北斗，杖头经挂《南

　　华》㊳。不知何日到仙家。曾许彩鸾同跨。"

拍手高唱此词。金坛变色焦躁说："是何道理？欺我孤弱，乱我观宇！"命人取轿来："我自去见恩官，与你理会。"苏、许二人再四劝住，金坛不允。韩思厚就怀中取出金坛所作之词，教众人看，说："观主不必焦躁，这个词儿是谁做的？"唬得金坛安身无地，把怒色都变做笑容，安排筵席，请众官共坐，饮酒作乐，都不管做功德荐之事。酒阑㊴，二人各有其情，甚相爱慕，尽醉而散。这刘金坛原是东京人，丈夫是枢密院冯六承旨㊵。因靖康年间同妻刘氏雇舟避难，来金陵，去淮水上，冯六承旨被冷箭落水身亡。其妻刘氏发愿，就土星观出家，追荐丈夫，朝野知名，差做观主。此后韩思厚时常往来刘金坛处。

　　忽一日，苏、许二掌仪醵金备礼㊶在观中请刘金坛、韩思厚。

宋元话本

酒至数巡^⑥，苏、许二人把盏劝思厚与金坛道："哥哥既与金坛相爱，乃是宿世因缘^⑥。今外议藉藉，不当稳便^⑥。何不还了俗，用礼通媒，娶为嫂嫂，岂不美哉！"思厚、金坛从其言。金坛以钱买人告还俗^⑥，思厚选日下定^⑥，取归成亲。一个也不追荐丈夫，一个也不看顾坟墓。倚窗携手，惆怅论心^⑥。

成亲数日，看坟周义不见韩官人来上坟，自诣宅前探听消息。见当直在门前，问道："官人因甚这几日不来坟上？"当直道："官人娶了土星观刘金坛做了孺人^⑥，无工夫上坟。"周义是北人，性直，听说气忿忿地。恰好撞见思厚出来，周义唱喏毕，便着言语道："官人，你好负义！郑夫人为你守节丧身，你怎下得别娶孺人^⑥？"一头骂，一头哭夫人。韩思厚与刘金坛新婚，恐不好看，喝教当直们打出周义。周义闷闷不已，先归坟所。当日是清明^⑩，周义去夫人坟前哭着告诉许多。是夜睡至三更，郑夫人叫周义道："你韩掌仪在那里住？"周义把思厚辜恩负义娶刘氏事，一一告诉他一番："如今在三十六丈街住，夫人自去寻他理会。"夫人道："我去寻他。"周义梦中惊觉，一身冷汗。

且说那思厚共刘氏新婚欢爱，月下置酒赏玩。正饮酒间，只见刘氏柳眉剔竖^⑪，杏眼圆睁，以后捽住思厚不放^⑫，道："你忒煞亏我^⑬，还我命来！"身是刘氏，语音是郑夫人的声气。唬得思厚无计可施，道："告贤妻饶恕。"哪里肯放。正摆拨不下^⑭，忽报苏、许二掌仪步月而来望思厚，见刘氏捽住思厚不放。二人解脱得手，思厚急走出，与苏、许二人商议，请笪桥铁索观朱法官来救治^⑮。即时遣张谨请到朱法官，法官见了刘氏道："此冤抑不可治之，只好劝谕。"刘氏自用手打掴其口与脸上^⑯，哭着告诉法官以燕山踪迹。又道："望法官慈悲做主。"朱法官再三劝道："当做功德追荐超生,如坚执不听,冒犯天条⑦。"刘氏见说,哭谢法官:"奴且退。"少刻刘氏方苏。法官书符与刘氏吃⑧,又贴符房上,法官辞去。当夜无事。

次日,思厚赍香纸请笪桥谢法官,方坐下,家中人来报,说孺人又中恶⑦。思厚再告法官同往家中救治,法官云:"若要除根好时,须将燕山坟发掘,取其骨匣,弃于长江,方可无事。"思厚只得依从所说,募土工人等,同往掘开坟墓,取出郑夫人骨匣,到扬子江边⑧,抛放水中。自此刘氏安然。恁地时,负心的无天理报应,岂有此理。

思厚负了郑意娘,刘金坛负了冯六承旨。至绍兴十一年⑧,车驾幸钱塘⑧,官民百姓皆从。思厚亦挈家离金陵,到于镇江⑧。思厚因想金山胜景⑧,乃赁舟同妻刘氏江岸下船,行到江心,忽听得舟人唱《好事近》词,道是:

> "往事与谁论? 无语暗弹泪血。何处是堪怜? 肠断黄昏时节。 倚门凝望又徘徊,谁解此情切? 何计可同归雁? 趁江南春色。"

思厚审听所歌之词,乃燕山韩国夫人郑氏意娘题屏风者,大惊,遂问艄公:"此曲得自何人?"艄公答曰:"近有使命入国至燕山,满城皆唱此词,乃一打绦婆婆自韩国夫人宅中屏上录出来的。说是江南一官人浑家,姓郑名意娘,因贞节而死,后来郑夫人丈夫私挈期骨归江南,此词传播中外。"思厚听得说,如万刃攒心,眼中泪下。须臾之间,忽见江中风浪俱生,烟涛并起,异鱼出没,怪兽掀波,见水上一人波心涌出,顶万字巾⑧,把手揪刘氏云鬟,掷入水中。侍妾高声喊叫:"孺人落水!"急唤思厚教救,那里救得!俄顷⑧,又见一妇人,项缠罗帕,双眼圆睁,以手捽思厚,拽入波心而死。舟人欲救不能，遂惆怅而归。叹古今负义人皆如此，乃传之于人。诗曰：

> 一负冯君罹水厄[⑰]，一亏郑氏丧深渊。
> 宛如孝女寻尸死[⑱]，不若三闾为主愆[⑲]。

宋元话本

讲一讲

① 维扬:古称江苏扬州为维扬。

② 男女:旧时奴仆对主人或平民对长官的自称,等于"小的"。寓仙酒楼:北宋汴京的一座大酒楼,在内城正南门(即朱雀门)街西麨院街之南。寓:又作遇。

③ 黄天荡:在今江苏省南京市东北,宋建炎时(1127~1130)建,韩世忠曾困金兀术于此。金兀术夜凿老鹳河遁走,老鹳河即在其北。

④《御阶行》:词调名,一作《御街行》。韩思厚此词亦见《花草粹编》卷八,作者题为韩师厚。《全宋词》收入附录一。

⑤ 捻:音义均同"捏"。《花草粹编》"个"上无"一"字。

⑥ 大都:亦作都、都来、大都来,有统统、不过、算来等义。

⑦《夷坚志》宋洪迈著的志怪笔记小说。本篇即根据《夷坚丁志》卷九《太原意娘》的故事梗概铺叙而成。

⑧ 会文字:也叫会文。几个人会聚在一起讨论文章。

⑨ 顾:同"雇",租赁。

⑩ 以苦告得脱:因苦苦哀求得以脱身。

⑪ 目击:亲眼看见。

⑫ 理会:处理,决定。

⑬ 决:决定,判断。

⑭ 当直:即当值,本来是值班的意思,这里指值班的奴仆。

⑮ 倏忽:疾速,指极短的时间。

⑯ 老丈:对老年人的尊称。

⑰ 大伯：宋元间对老年人的一种称呼，如老伯。

⑱ 媳妇：这里是泛指已婚的少妇、老妇。拗蛮：对人的一种侮辱性贬词。拗：倔犟，脾气古怪。

⑲ 没兴：没兴头的省略语，意即倒霉、晦气。不晓事：不懂得事理。

⑳ 得人憎：使人厌憎。

㉑ 便做到：又作"便做道"，"便做"，是就算、即使的意思。

㉒ 哓哓（xiāo）：吵嚷争辩的声音。

㉓ 化去：死去。

㉔ 从此句以下"意娘"原文均作"义娘"，不知何故。按《宝文堂书目》著录本作《燕山逢故人郑意娘传》，《夷坚志·丁志》卷九作《太原意娘》，《花草粹编》载其所作词亦题为郑意娘，则后半作义娘实误。今据以上书改。

㉕ 逾墙：越墙。逾：越过。

㉖ 郭熙：宋代著名山水画家。

㉗ 《好事近》：词调名。此词亦见《花草粹编》卷三，《全宋词》收入附录一。

㉘ 何处二句，《粹编》作"何处最堪断肠，是黄昏时节。"按《好事近》词调，此处应为上六下五句式；依《粹编》所载，文义亦较顺适，当据以校改。

㉙ 望：月圆之时。常指农历每月十五日。《释名·释天》："望，月满之名也。月大十六日，小十五日，日在东，月在西，遥相望也。"

㉚ 可煞惊人：可是惊人。可煞：即可是，疑问词。

㉛ 宵宵（yǎo）：深远的样子。

㉜ 韶华：美好的年华。

㉝ 迢迢：漫长的样子。漏：古代的一种计时器。漏尽：漏刻已尽。这里指长夜已尽，也暗喻年华已逝。

㉞ 危楼：高楼。

㉟ 影堂：供奉亡人遗像的灵堂。影：像，图像。如下文"影神"即指郑意娘的遗像。

㊱ 槅子：指上半部装有槅子眼的门。

㊲ 供卓：即供桌。卓：几案，今写作"桌"。

㊳ 鍮石：黄色精铜。

㊴ 掇（duō）：用手端。

㊵ 作文：写祭文。白：告知。

㊶ 奠（diàn）：设酒食以祭。飨（xiǎng）：合祭。

㊷ 步蹙（cù）金莲：谓小步行走。蹙：踢。金莲：形容脚小如莲花。袂（mèi）：衣袖。

㊸ 瑾瑜：美玉。土芥：泥土草芥，比喻微贱之物，不足轻重。

㊹ 庶几：也许可以。表示希望或推测的词。

㊺ 沥（lì）：洒。

㊻ 丰宜门：金时北京城的正南门。

㊼ 令政：对别人妻子的尊称，也作令正。

㊽ 天青巾：宋代道士戴的头巾。天青：一种颜色的名称。简：手版。履：鞋。

㊾ 萼（è）：花萼，在花瓣下部的一圈绿色小片。

㊿ 标致：指容貌秀丽。

(51) 九幽醮：超荐死者的斋醮。醮（jiào）：道士设坛祭神，为生者祈福禳灾，为死者忏悔超荐的法事名称。

(52) 文房四宝：也作“文房四士”，笔、墨、纸、砚的统称。文房：书房。

(53) 界方：界尺。

(54)《浣溪沙》：词调名。

(55) 氅(chǎng)：衣。

(56)《西江月》：词调名。

(57) 隐几：隐，凭，倚。几：几案。黄芽：道士炼丹的铅精。

(58)《南华》：《庄子》又称《南华真经》，是道家的主要经典之一。

(59) 阑：尽。

(60) 枢密院：宋枢密院与中书省号称两府，掌握兵柄，有枢密使、副枢密使等官。承旨：官名，掌管承宣皇帝旨意及处理院务。宋枢密院有都承旨、副都承旨。

(61) 醵(jù)金：凑钱。

(62) 巡：本是遍、周遭的意思，后将斟酒一周也叫做一巡。

(63) 宿世因缘：佛教指前生的因缘。

(64) 藉藉：犹纷纷。形容乱、多。不当稳便：不妥当，不方便。

(65) 买人告还俗：以钱买通别人，伪作刘金坛的亲党，控告于官府，使刘还俗，然后再嫁给杨思厚。

(66) 下定：下聘礼，定婚期。

(67) 惆怅：原意是因失意而伤感、懊恼。

(68) 孺人：古代贵族、官吏的母亲或妻子的封号。这里只是作为妻子的通称，即夫人。

(69) 下得：即忍得。

(70) 清明：农历二十四节气之一。旧称为三月节，在阳历的四月五日或六日。清明节旧有踏青扫墓的习俗。

⑦ 剔竖：挑起直竖。剔：挑起。

⑦ 捽（zuó）：揪住。

⑦ 忒煞：太甚，过分。

⑦ 摆拨：摆脱。

⑦ 笪（dá）桥：南京城内河桥道之一，跨古运渎，在鼎新桥东。

⑦ 打掴（guō）：打耳光。

⑦ 天条：上天的刑条。

⑦ 书符：画符咒。

⑦ 中恶：因暴病而死或晕倒叫中恶。

⑧ 扬子江：长江自江都至镇江之间一段河流，古称扬子江。

⑧ 绍兴十一年：1141 年。这年宋杀岳飞，宋金和议达成，宋朝金人称臣纳贡。

⑧ 钱塘：今浙江省钱塘江。

⑧ 镇江：府名，属江苏省，治丹徒县。

⑧ 金山：江苏省镇江市西北，本在大江中，后因山下沙涨，已与南岸毗连，与焦山对峙。

⑧ 万字巾：一种上阔下狭，形如（"萬"为"万"的繁体）的头巾。

⑧ 俄顷：一会儿。

⑧ 罹（lí）：遭受。

⑧ 孝女寻尸死：东汉时上虞女子曹娥，其父淹死，曹娥沿江哭泣，十七天后，也跳江而死。见《后汉书·列女传》。

⑧ 三闾为主愆：屈原为楚三闾大夫，楚王不听他的忠谏，结

果兵败地削,郢都沦亡,屈原自沉于汨罗江而死。为主愆:因为君主的罪恶而自杀。

帮你读

　　这篇小说写的是金人南侵之后,原来生活在北宋汴京(今河南开封)的杨思温流落异邦,于元宵节在燕山(今北京)看灯时,无意中遇到了自己的结拜嫂嫂郑意娘。郑意娘原是北宋国信所掌仪韩思厚的妻子,靖康之难时,她和丈夫南逃,半路上遇到金兵,丈夫被俘,后"以苦告得脱",而她则为金将撒八太尉所逼,义不受辱,自刎而死。杨思温所遇的其实是她的鬼魂。郑意娘虽死,但仍念念不忘故国与故人。此时宋金和议告成,官复原职的韩思厚奉使至此,又与杨思温相逢,杨思温将与郑意娘相遇的事告之,于是韩思厚将意娘的骨灰匣携归南方。后来,韩思厚背负了自己决不再娶的誓言,又与女道士刘金坛相恋成婚,被郑意娘的鬼魂捉去。

　　这篇小说,当是宋代南渡后说话艺人的创作,它反映了宋代的民族矛盾,流露出汉民族受到外族侵略压迫后所激起的对侵略者的憎恨感情。小说将郑意娘家破人亡的个人家庭悲剧放置在异族入侵、国土沦陷的国家民族的悲剧氛围中去描写,从而使小说具有了强烈的时代特征和重大的社会意义。郑意娘的悲惨遭遇,实际上也是当时无数被异族掳掠凌辱的中原人民的痛苦经历的真实写照和缩影。郑意娘死后仍时刻怀念自己的祖国和亲人的深厚情感,也体现了当时沦陷区广大人民的思想和意愿。

　　读过这篇作品,我们不难体味出作者胸中那股强烈深沉的感情。文章沉痛地抒发了家国之思，表现出强烈的民族意识，具有很浓的抒情色彩。叙述整个故事，婉转凄凉，叙及对故国的思念时，更是极尽缠绵悱恻。作品不仅通过直接描写金人的凶残横暴来控诉其蹂躏汉人、残杀无辜的暴虐罪行，还通过对燕山的元宵景象和汴京当年的盛况的对比描写来抒发怀念故国的沉痛感情，充满了无限的悲凉情绪，写来极为凄楚动人。另外，作者还通过郑意娘之口说出"太平之世，人鬼相分；今日之世，人鬼相杂"的话来对异族统治作了深刻的讽刺和批判，而对郑意娘义不受辱、宁死不屈的凛然气节的热情赞颂，更是表达了中原人民不甘心受异族统治的反抗意志和热爱祖国的强烈感情。

可惜这篇小说写到后来，出现了一些败笔。特别是最后郑意娘也演了一出类似敫桂英"活捉"王魁的"索命"戏，但读来却并不令人感到大快人心，而是让人觉得有些阴森可怖，甚至是有些不快。平心而论，韩思厚并不是"王魁"式的"负心汉"，从小说中看，他对妻子郑意娘还是很有感情的，意娘死后，他一直感念不已，在遇到刘金坛之前的四五年中，他也一直"未忍重婚"，把妻子的骨灰携归南方，并向亡妻的鬼魂立下"决不再娶"的重誓，其感情都是真诚的。至于他以后违誓再娶，尽管令人有些遗憾，但如果不是过于苛责的话，似乎也算不得是什么该死的大罪。郑意娘的鬼魂要韩思厚"还我命来"，似乎是找错了复仇的对象，实际上他们都是异族入侵，国破家亡的受害者！这里片面地强调郑意娘的贞节，把民族矛盾撒在一边，未能把郑意娘忠贞的爱情和对祖国的感情很好地结合起来，无疑使人物的形象受到了损害，大大削弱了本篇积极的思想意义。

刘金坛更是一个无辜的受害者，她的丈夫也是在金人入侵时丧生的,而自己当了女道士。她和韩思厚同病相怜、同命相依,两人在劫后余生中重建一个家庭,本也是值得人们同情的。但在作者的眼中,她是一个戴罪的女人,应该受到惩罚。但刘金坛唯一的所谓"罪过",只不过是未能为自己死去的丈夫"守节"!作者的这种封建伦理思想,在我们今天看来自然是陈腐和落后的,应该受到批判。

我们指出这篇小说的在思想内容上的不足之处,不是要否定这篇小说,而是要提醒青少年读者,古代的文学作品,甚至是那些比较优秀的作品,在思想内容上往往都具有相当的复杂性,我们在阅读时,既要充分肯定其积极的一面,也要注意批判其消极的一面,这才是我们批判地继承祖国文学遗产的正确态度。

快嘴李翠莲记

（《清平山堂话本》）

入话①：

> 出口成章不可轻，开言作对动人情；
>
> 虽无子路才能智②，单取人前一笑声。

此四句单道：昔日东京有一员外③，姓张名俊，家中颇有金银。所生二子，长曰张虎，次曰张狼。大子已有妻室，次子尚未婚配。本处有个李吉员外，所生一女，小字翠莲，年方二八。姿容出众，女红针指，书史百家④，无所不通。只是口嘴快些，凡向人前，说成篇，道成溜⑤，问一答十，问十道百。有诗为证：

> 问一答十古为难，问十答百岂非凡。
>
> 能言快语真奇异，莫作寻常当等闲⑥。

话说本地有一王妈妈，与二边说合，门当户对，结为姻眷⑦，选择吉日良时娶亲。三日前，李员外与妈妈论议，道："女儿诸般好了，只是口快，我和你放心不下。打紧他公公难理会⑧，不比等闲的，婆婆又兜答⑨，人家又大，伯伯、姆姆⑩，手下许多人，如何是好？"婆婆道："我和你也须分付他一场⑪。"只见翠莲走到爹妈面前，观见二亲满面忧愁，双眉不展，就道：

> "爷是天，娘是地，今朝与儿成婚配。男成双，女成

对,大家欢喜要吉利。人人说道好女婿:有财、有宝、又豪贵;又聪明,又伶俐,双六、象棋通六艺⑫;吟得诗,做得对⑬,经商买卖诸般会。这门女婿要如何?愁得苦水儿滴滴地。"

员外与妈妈听翠莲说罢,大怒曰:"因为你口快如刀,怕到人家多言多语,失了礼节,公婆人人不欢喜,被人耻笑,在此不乐。叫你出来,分付你少则声⑭。颠倒说出一篇来⑮,这个苦恁地好⑯!"翠莲道:

"爷开怀,娘放意。哥宽心,嫂莫虑。女儿不是夸伶俐,从小生得有志气。纺得纱,绩得苎⑰,能裁、能补、能绣刺;做得粗,整得细,三茶、六饭一时备;推得磨,捣得碓⑱,受得辛苦吃得累。烧卖、匾食有何难⑲,三汤、两割我也会⑳。到晚来,能仔细,大门关了小门闭;刷净锅儿掩橱柜,前后收拾自用意。铺了床,伸开被,点上灯,请婆睡,叫声安置进房内㉑。如此服侍二公婆,他家有甚不欢喜?爹娘且请放宽,舍此这外直个屁㉒!"

翠莲说罢,员外便起身去打。妈妈劝住,叫道:"孩儿,爹娘只因你口快了愁!今番只是少说些。古人云:'多言众所忌。'到人家只是谨慎言语,千万记着!"翠莲曰:"晓得。如今只闭着口儿罢。"

妈妈道:"隔壁张太公是老邻舍,从小儿看你大,你可过去作别一声。"员外道:"也是。"翠莲便走将过去,进得门槛,主声便道:

"张公道,张婆道,两个老的听禀告:明日寅时我上轿㉓,今朝特来说知道。年老爹娘无倚靠,早起晚些望顾照！哥嫂倘有失礼处，父母分上休计较。待我满月回门来，亲自上门叫聒噪㉔。"

张太公道："小娘子放心，令尊与我是老兄弟㉕，当得早晚照管；令堂亦当着老妻过去陪伴㉖，不需挂意！"

作别回家，员外与妈妈道："我儿，可收拾早睡休，明日须半夜起来打点㉗。"翠莲便道：

"爹先睡，娘先睡，爹娘不比我班辈㉘。哥哥、嫂嫂相帮我，前后收拾自理会。后生家熬夜有精神㉙，老人家熬了打盹睡。"

翠莲道罢，爹妈大恼曰："罢，罢，说你不改了！我两口自去睡也。你与哥嫂自收拾，早睡早起。"

翠莲见爹妈睡了，连忙走到哥嫂房门口高叫：

"哥哥、嫂嫂休推醉，思量你们忒没意㉚。我是你的亲妹妹，止有今晚在家中。亏你两口下着得㉛，诸般事儿都不理。关上房门便要睡，嫂嫂，你好不紧急。我在家，不多时，相帮做些道怎的？巴不得打发我出门，你们两口得伶俐㉜？"

翠莲道罢，做哥哥的便道："你怎生还是这等的？有父母在前，我不好说你。你自先去安歇，明日早起。凡百事，我自和嫂嫂收拾打点。"翠莲进房去睡。兄嫂二人，无多时，前后俱收拾停当，一家都安歇了。

员外、妈妈，一觉睡醒，便唤翠莲问道："我儿，不知甚么时节了？不知天晴天雨？"翠莲便道：

"爹慢起，娘慢起，不知天晴是下雨。更不闻，鸡不语，街坊寂静无人语。只听得：隔壁白嫂起来磨豆腐，

对门黄公舂糕米。若非四更时，便是五更矣。且待奴
家先起。烧火、劈柴、打下水，且把锅儿刷洗起。烧些
脸汤洗一洗③，梳个头儿光光地。大家也是早起些，娶
亲的若来慌了腿！"

员外、妈妈并哥嫂一齐起来，大怒曰："这早晚㉟，东方将亮
了，还不梳妆完，尚兀子调嘴弄舌㊱！"翠莲又道：

"爹休骂，娘休骂，看我房中巧妆画。铺两鬓，黑似
鸦，和脂粉把脸搽。点朱唇，将眉画，一对金环坠耳下。
金银珠翠插满头，宝石禁步身边挂㊲。今日你们将我
嫁，想起爹娘撇不下；细思乳哺养育恩，泪珠儿滴湿了
香罗帕。猛听得外面人说话，不由我不心中怕；今朝是
个好日头，只管都噜都噜说甚么！"

翠莲道罢，妆办停当，直来到父母跟前，说道：

"爹拜禀，娘拜禀，蒸了馒头索了粉㊳，果盒肴馔件
件整㊴。收拾停当慢慢等，看看打得五更紧。我家鸡儿
叫得准，送亲从头再去请。姨娘不来不打紧，舅母不来
不打紧，可耐姑娘没道理㊵，说的话儿全不准。昨日许
我五更来，今朝鸡鸣不见影。歇歇进门没得说，赏他个
漏风的巴掌当邀请㊶。"

员外与妈妈敢怒而不敢言。妈妈道："我儿，你去叫你哥嫂
及早起来，前后打点。娶亲的将次亲了㊷。"翠莲见说，慌忙走去
哥嫂房门口前，叫曰：

"哥哥、嫂嫂你不小，我今在家时候少，算来也用起
个早，如何睡到天大晓？前后门窗须开了，点些蜡烛香
花草。里外地下扫一扫，娶亲轿子将来了。误了时辰

公婆恼,你两口儿讨分晓㊷!"

哥嫂两个忍气吞声,前后俱收拾停当。员外道:"我儿,家堂并祖宗面前㊸,可去拜一拜,作别一声。我已点下香烛了。趁娶亲的未来,保你过门平安!"翠莲见说,命一炷,走到家堂面前,一边拜,一边道:

> "家堂,一家之主;祖宗,满门先贤:今朝我嫁,未敢
> 自专。四时八节,不断香烟。告知神圣,万望垂怜!男
> 婚女嫁,理之自然。有吉有庆,夫妇双全。无灾无难,
> 永葆百年。如鱼似水,胜蜜糖甜。五男二女,七子团
> 圆。二个女婿,答礼通贤㊹;五房媳妇,孝顺无边。孙男
> 孙女,代代相传。金珠无数,米麦成仓。蚕桑茂盛,牛
> 马挨肩㊺。鸡鹅鸭鸟,满荡鱼鲜㊻。丈夫惧怕,公婆爱
> 怜。妯娌和气,伯叔忻然㊼。奴仆敬重,小姑㊽有缘。不
> 上三年之内,死得一家干净,家财都是我掌管,那时翠
> 莲快活几年!"

翠莲祝罢,只听得门前鼓乐喧天,笙歌聒耳,娶亲车马,来到门首。张宅先生念诗曰㊾:

> "高卷珠帘挂玉钩,香车宝马到门头。
> 花红利市多多赏㊿,富贵荣华过百秋㉛。"

李员外便叫妈妈将钞来,赏赐先生和媒妈妈㉜,并车马一干人。只见妈妈拿出钞来,翠莲接过手,便道:"等我分!

> 爹不惯,娘不惯,哥哥、嫂嫂也不惯。众人都来面
> 前站,合多合少等我散㉝。抬轿的合五贯㉞,先生、媒人
> 两贯半。收好些,休嚷乱,掉下了时休埋怨!这里多得
> 一贯文,与你这媒人婆买个烧饼,到家哄你呆老汉。"

先生与轿夫一干人听了，无不吃惊，曰："我们见千见万，曾见这样口快的！"大家张口吐舌，忍气吞声，簇拥翠莲上轿。一路上，媒妈妈分付："小娘子，你到公婆门首，千万不要开口！"

不多时，车马一到张家前门，歇下轿子，先生念诗曰：

"鼓乐喧天响汴州，今朝织女配牵牛⑤。

本宅亲人来接宝，添妆含饭古来留⑥。"

且说媒婆拿着一碗饭，叫道："小娘子，开口接饭⑤。"只见翠莲在轿中大怒，便道：

"老泼狗，老泼狗，教我闭口又开口。正是媒人之口无量斗⑧。怎当你没的番做有。你又不曾吃早酒，嚼舌嚼黄胡张口⑤。方才跟着轿子走，分付教我休开口。甫能住轿到门首⑥，如何又教我开口？莫怪我今骂得丑，真是白面老母狗！"

先生道："新娘子息怒。他是个媒人，出言不可太甚⑥。自古新人无有此等道理！"翠莲便道：

"先生你是读书人，如何这等不聪明？当言不言谓之讷，信这虔婆弄死人⑥！说我婆家多富贵，有财、有宝、有金银，杀牛、宰马、做茶饭，苏木、檀香做大门⑥，绫罗缎匹无算数，猪羊牛马赶成群。当门与我冷饭吃，这等富贵不如贫。可耐伊家忒怎村⑥，冷饭将来与我吞。若不看我公婆面，打得你眼里鬼火生！"

翠莲说罢，恼得那媒婆一点酒也没⑤，一道烟先进去了；也不管他下轿，也不管他拜堂。

本宅众亲簇拥新人到了堂前，朝西立定。先生曰："请新人转身向东，今日福禄喜神在东。"翠莲便道：

"才向西来又向东，休将新妇便牵笼⑯。转来转去无定相⑰，恼得心头火气冲。不知那个是妈妈？不知那是个公公？诸亲九眷闹丛丛，姑娘小叔乱哄哄。红纸牌儿在当中，点着几对满堂红⑱我家公婆又未死，如何点盏随身灯⑲？"

张员外与妈妈听得，大怒曰："当初只说娶过良善人家女子，谁想娶这个没规矩、没家法、长舌顽皮村妇！"

诸亲九眷面面相睹，无不失惊。先生曰："人家孩儿在家中惯了，今日初来，须慢慢的调理他⑳。且请拜香案，拜诸亲。"

合家大小俱相见毕。先生念诗赋，请新人入房坐床撒帐：

　　"新人挪步过高堂，神女仙郎入洞房。

　　花红利市多多赏，五方撒帐盛阴阳㉑。"

张狼在前，翠莲在后，先生捧着五谷，随进房中。新人坐床，先生拿起五谷，念道：

　　"撒帐东，帘幕深围烛影红。佳气郁葱长不散㉒，画堂日日是春风。

　　撒账西，锦带流苏四角垂㉓。揭开便见姮娥面㉔，输却仙郎捉带枝㉕。

　　撒帐南，好合情怀乐且耽㉖。凉月好风庭户爽，双双绣带佩宜男㉗。

　　撒账北，津津一点遐间色。芙蓉帐暖度春宵，月娥苦邀蟾宫客㉘。

　　撒帐上，交颈鸳鸯成两两。从今好梦叶维熊㉙，行见玭珠来入掌㉚。

　　撒帐中，一双月里玉芙蓉。恍若今宵遇神女，红云簇拥下巫峰⑧。

　　撒帐下，见说黄金光照社⑧。今宵吉梦便相随，来
岁生男定声价。

　　撒帐前，沉沉非雾亦非烟。香里金虬相隐映⑧，文
箫今遇彩鸾仙⑧。

　　撒帐后，夫妇和谐长保守。从来夫唱妇相随，莫作
河东狮子吼⑧。"

说那先生撒帐未完，只见翠莲跳起身来，摸着一条面杖，将
先生夹腰两面杖，便骂道："你娘的臭屁！你家老婆便是河东狮
子！"一顿直赶出房门外去，道：

　　"撒甚帐？撒甚帐？东边撒了西边样。豆儿米麦
满床上，仔细思量象甚样？公婆性儿又莽撞，只道新妇
不打当⑧。丈夫若是假乖张⑧，又道娘子垃圾相⑧。你
可急急走出门，饶你几下擀面杖。"

那先生被打，自出门去了。张狼大怒曰："千不幸，万不幸，
娶了这个村姑儿！撒帐之事，古来有之。"翠莲便道：

　　"丈夫丈夫你休气，听奴说得是不是？多想那人没
好气，故将豆麦撒满地。到不叫人扫出去，反说奴家不
贤惠。若还恼了我心儿，连你一顿赶出去，闭了门，独
自睡，晏起早眠随心意。阿弥陀佛念几声，耳伴清宁到
伶俐。"

张狼也无可奈何，只得出去参筵劝酒。至晚席散，众亲都去
了。翠莲坐在房中自思道："少刻丈夫进房来，必定手之舞之的，
我须做个准备。"起身除了首饰，脱了衣服，上得床，将一条绵被
裹得紧紧地，自睡了。

宋元话本

讲一讲

本篇选自《清平山堂话本》，是我国较早的短篇白话小说。"快嘴"就是"口齿伶俐"的意思。

"清平山堂"是明嘉靖时钱塘人洪楩的斋名。洪楩是南宋洪迈的后代，字子美，官至詹事府主簿。他藏刻书籍很多，而用"清平山堂"名义刊印的话本共有六集，为《雨窗集》、《长灯集》、《随航集》、《欹枕集》、《解闲集》、《醒梦集》，每集各分上、下卷，线卷各收话本小说五篇，总计六十篇，所以他又给它起一个叫做《六十家小说》的总名。原书已经散佚，现在流传于世的为日本内阁文库藏的版心刻有"清平山堂"字样的话本十五篇以及近人马廉发现出于宁波天一阁范氏藏书的《雨窗集》、《欹枕集》残本的十二篇，《清平山堂话本》的书名是马廉在刊印时加上去的。此外，还有阿英收集的《翡翠轩》和《梅杏争春》两篇清平山堂所刻话本的残本，所以现在实存二十九篇。这二十九篇大半是宋元时代的作品，最晚也在明代中叶以前。这些作品是我国现存最早的话本原作。它保存了话本的原始面目，但误文脱字很多，本篇根据文学古籍刊行社的影印本排印。

① 入话：宋元说书人在开讲正书之前先念一首诗词或者先讲一段小故事当作引子，叫做入话，也叫得胜头回。

② 子路：促由，字子路，一字秀路。春秋时代鲁国人，是孔子的学生。他为人勇敢爽直，富有政治才干。

③ 东京：北宋首都开封（现属河南省）。员外：原来是官名，后来成为对一般有钱、有地位的人的尊称。

④　女红（gōng）：女工。针指：一切针线活。书史：典籍，指经史一类书籍。百家：指先秦诸子，举成数而言。这里的"书史百家"只是泛指各类典籍。

⑤　道成溜：说话如同滔滔不绝的流水一样。溜：水道。一说"溜"是顺口溜的意思。

⑥　等闲：平常，轻易，一般。

⑦　姻眷：婚姻眷属，即儿女亲家。

⑧　打紧：重要的，要紧。难理会：难对付。理会：处理，对付。

⑨　兜答：啰嗦，唠叨。一说是厉害的意思。

⑩　伯伯、姆姆：妇女对自己丈夫的哥嫂的称呼。

⑪　分付：嘱咐。

⑫　双六：应作双陆，古代的一种棋戏。在一个木制的盘子上，两个人各用十六个"马子"立在自己一边，然后轮流掷骰子，按点数在棋盘上走，先走到对方一边的就算获胜。

六艺：在古代有两种含义：（一）礼、乐、射、御、书、数。（二）指六经，即《诗》、《书》、《易》、《礼》、《乐》、《春秋》。在这里有各种技艺的意思。

⑬　对：对联。

⑭　则声：作声。

⑮　颠倒：反而。

⑯　恁地：怎么、怎样。

⑰　绩苎：缉麻。

⑱　碓（duì）：石臼。

⑲　匾食：一种面食。一说即饺子、馄饨一类的东西。一说是饼。

⑳ 三汤、两割：筵席上菜肴的总称。

㉑ 安置：请人就寝、休息的客气话。如同说"晚安"、"请安歇罢"。这是古代晚辈在晚上临睡前，问候尊长时说的话。

㉒ 直：通"值"。

㉓ 寅时：天亮前三点钟到五点钟为寅时。

㉔ 聒噪（guā zào）：本是吵闹的意思，这里用做致谢的谦词，当作"打搅"、"麻烦"解释。

㉕ 令尊：对别人父亲的尊称。下面"令堂"是对别人母亲的尊称。

㉖ 着：差遣。

㉗ 打点：收拾。

㉘ 班辈：同等的人。

㉙ 后生家：年轻人。

㉚ 忒（tè）：太、过于、非常。忒没意：太没情意。

㉛ 下着得：安得下心，狠得下心。

㉜ 伶俐：干净、利索、畅快的意思。

㉝ 脸汤：洗脸水。

㉞ 早晚：时候。

㉟ 尚兀（wù）子：还是这样。调嘴弄舌：耍嘴皮子。

㊱ 禁步：古代妇女在裙边或弓鞋上缀的小金铃。

㊲ 索了粉：制粉条。

㊳ 肴馔（yáo zhuàn）：鱼肉一类的菜。

㊴ 可耐：就是叵（pǒ）耐，不可耐，可恨的意思。姑娘：姑母。

㊵ 漏风的巴掌：张开五指打的巴掌，意思是说打得很重。

㊶ 将次：将要，就要。

㊷ 讨分晓：放明白些。

㊸ 家堂：家中堂屋，供神的地方。祖宗：祖宗的牌位。

㊹ 答礼：当是达礼。

㊺ 挨肩：形容众多。

㊻ 荡：水泽之名。

㊼ 妯娌（zhóu lǐ）：兄弟的妻子互相称呼或合称。伯叔：丈夫的兄弟。

㊽ 小姑：丈夫的妹妹。

㊾ 先生：指阴阳先生。旧社会里做婚丧时相吉凶等迷信职业的人。

㊿ 花红利市：这里都指喜钱。即办喜事的犒赏和报酬。

(51) 百秋：百年。

(52) 媒妈妈：即媒婆。

(53) 合：合计，该。合多合少，即该多该少。

(54) 贯：把铜钱一千枚用绳穿成一串叫一贯，当时纸币也用"贯"作为计算单位。

(55) 汴州：今河南开封。织女、牵牛：即织女星和牵牛星。

(56) 含饭：这是当时结婚时的一种仪式。

(57) 接饭：这是当时结婚时的一种仪式。

(58) 无量斗：一作"无梁斗"、"没染桶"，宋元时代的歇后语："无梁斗——休提。"这里是无把柄、不可信的意思。

(59) 嚼舌嚼黄：说东道西，尽说废话。

(60) 甫能：才能够、刚能够。

(61) 太甚：太过分。

(62) 虔（qián）婆：宋、元人常骂妇女为"虔婆"，有时也用来称

妓院的鸨儿。对这一词过去有两种解释:(一)古代称贼为"虔",虔婆即为"贼婆"。(二)虔婆就是"媒婆",指惯用花言巧语哄骗人的老妇人。

㊻ 苏木:又叫苏枋,一种珍贵的木料。

㊼ 村:粗野,蠢。

㊽ 一点酒也没:一点酒也没喝。可能"没"下面脱"喝"或"吃"字。

㊾ 牵笼:牵扯。

㊿ 相:应是向字,即方向。

68 满堂红:用彩绢制成的方形灯笼。

69 随身灯:又叫长命灯、引魂灯、闷灯,即点在死人灵前的灯。旧俗迷信,人死后要在灵前点灯,直到下葬为止,认为可在阴间照明。

70 调理:这里是调教的意思。

71 撒帐:宋代婚礼,新婚夫妇拜天地、入洞房后,坐在床上,女向左,男向右,妇女或礼官用彩果撒掷,叫做"撒帐"。这是闹新房的一种方式。

72 郁葱:形容气息浓郁。

73 流苏:帐幕或旌旗上垂下的饰物,有些像穗子。

74 姮娥:嫦娥,传说中的月中仙女。

75 捉带枝:未详。可能是解带的意思。

76 耽(dān):沉溺,入迷。

77 宜男:就是萱草(金针菜)。旧时传说,怀孕妇女佩戴萱草的花,就能生男孩。

78 月娥:月中仙女,这里指新娘。蟾宫:月亮,传说月宫有蟾蜍,故名。又传说月中有桂树,旧时把"考试得中"叫"折桂"。这里的"蟾宫客"是指新郎,因古代称结婚为"小登科。"

⑦ 好梦叶维熊:祝贺生男孩的意思。本自《诗经·小雅·斯干》:"吉梦维何,维熊维罴",又"大人占之,维熊维罴,男子之祥。"意思是梦见熊罴(pí)是生男孩的预兆。叶(xié):和,合。

⑧ 玭珠:即蚌珠,珍珠,玭(pín)是蚌的别名。这里指怀孕。这句说:不久就会看到怀胎生下孩子来。

⑧ 巫峰:相传巫山有十二峰,其中以神女峰为最纤丽秀拔,峰下有神女庙,《高唐赋序》说楚怀王(后人多附会为楚襄王的事)梦游高唐,和巫山神女相欢聚。所以后人常用巫峰或巫山比喻男女的欢恋。

⑧ 黄金光照社:祝贺新婚夫妇早生贵子的意思。黄金光:金光,指祥瑞。社:指家中祭的土地神。古代迷信认为,"非常人"降生时,往往有奇异的征兆,有时异光满室,这就叫"照室"或"照社"。

⑧ 虬(qiú):古代传说中一种有双角的龙。

⑧ 文箫今遇彩鸾仙:唐人小说中写唐太和末年,进士文箫在洪州歌场遇仙女吴彩鸾,她自称是西山吴真君的女儿。二人一见钟情,结为夫妇。

⑧ 河东狮子吼:宋人陈慥的妻子柳氏悍妒,陈慥很怕她。一日陈慥宴客,座间招有歌伎,柳氏气得以木杖敲墙,大声呼喊,客人都惊散而去。苏东坡便作诗取笑陈慥:"忽闻河东狮子吼,拄杖落手心茫然。"这里借用杜甫诗"河东女儿身姓柳"来暗喻柳氏的姓。又佛家语以"狮子吼"比喻气象威严。因此后人常用此语来比喻悍妇。

⑧⑥ 打当：打点，打叠，收拾安排。

⑧⑦ 乖张：性情怪僻，不合人情。

⑧⑧ 垃圾相：丑陋不堪的模样。

且说张狼进得房，就脱衣服，正要上床，被翠莲喝一声，便道：

> "堪笑乔才你好差①，端的是个野庄家②。你是男儿我是女，尔自尔来咱自咱。你道我是你媳妇，莫言就是你浑家③。那个媒人那个主？行甚么财礼，下甚么茶④？多少猪羊鸡鹅酒？甚么花红到我家⑤？多少宝石金头面⑥？几匹绫罗几匹纱？镯缠冠钗有几付？将甚插戴我奴家？黄昏半夜三更鼓，来我床前做甚么？及早出去连忙走，休要恼了我们家！若是恼咱性儿起，揪住耳朵采头发⑦，扯破了衣裳，抓碎了脸，漏风的巴掌顺脸括，扯碎了网巾你休要怪⑧，擒了你四翼怨不得咱⑨。这里不是烟花巷⑩，又不是小娘儿家⑪，不管三七二十一，我一顿拳头打得你满地爬。"

那张狼见妻子说这一篇，并不敢近前，声也不则，远远地坐在半边。将近三更时分，且翠莲自思："我今嫁了他家，活是他家人，死是他家鬼。今晚若不与丈夫同睡，明日公婆若知，必然要怪。罢，罢，叫他上床睡罢。"便道：

> "痴乔才，休推醉，过来与你一床睡。近前来，分付你，叉手站着莫弄嘴。除网巾，摘帽子，靴袜布衫收拾起。关了门，下幔子，添些油在晏灯里⑫。上床来，悄悄地，同效鸳鸯偕连理。休则声，慎言语，雨散云消脚后

睡。束着脚，拳着腿，合着眼儿闭着嘴。若还蹬着我些儿，那时你就是个死！"

说那张狼果然一夜不敢则声。睡至天明，婆婆叫言："张狼，你可教娘子早起些梳妆，外面收拾。"翠莲便道：

"不要慌，不要忙，等我换了旧衣裳。菜自菜，姜自姜，各样果子各样妆；肉自肉，羊自羊，莫把鲜鱼搅白肠；酒自酒，汤自汤，醃鸡不要混腊獐。日下天色且是凉⑬，便放五日也不妨。待我留些整齐的，三朝点茶请姨娘⑭。纵然亲戚吃不了，剩与公婆慢慢嘡⑮。"

婆婆听得，半晌无言，欲待要骂，恐怕人知笑话，只得忍气吞声。耐到第三日，亲家母来完饭⑯。两亲相见毕，婆婆耐不过，从头将打先生、骂媒人、触夫主、毁公婆，一一告诉一遍。李妈妈听得，羞惭无地，径到女儿房中，对翠莲道："你在家中，我怎生分付你来？教你到人家，休要多言多语，全不听我。今朝方才三日光景，适间婆婆说你许多不是，使我惶恐千万，无言可答。"翠莲道：

"母亲你且休吵闹，听我一一细禀告。女儿不是村天乐⑰，有些话你不知道。三日媳妇要上灶，说起之时被人笑。两碗稀粥把盐蘸，吃饭无茶将水泡。今日亲家初走到，就把话儿来诉告，不问青红与白皂，一迷将奴胡厮闹⑱。婆婆性儿忒急躁，说的话儿不大妙。我的心性也不弱，不要着了我的圈套。寻条绳儿一吊，这条性命问他要！"

妈妈见说，又不好骂得，茶也不吃，酒也不尝，别了亲家，上轿回家去了。

再说张虎在家叫道："成甚人家？当初只说娶个良善女子，

不想讨了个五量店中过卖来家⑯,终朝四言八句,弄嘴弄舌,成何以看!"翠莲闻说,便道:

"大伯说话不知礼,我又不曾惹着你。
顶天立地男子汉,骂我是个过卖嘴!"

张虎便叫张狼道:"你不闻古人云:'教妇初来。'虽然不致乎打他,也须早晚训诲,再不然,去告诉他那老虔婆知道!"翠莲就道:

"阿伯三个鼻子管⑳,不曾捻着你的碗。媳妇虽是
话儿多,自有丈夫与婆婆。亲家不曾惹着你,如何骂他
老虔婆?等我满月回门去,到家告诉我哥哥。我哥性
儿烈如火,那时交你认得我。巴掌拳头一齐上,着你早
地乌龟没处躲!"

张虎听了大怒,就去扯住张狼要打。只见张虎的妻施氏跑将出来,道:"各人妻小各自管,干你甚事?自古道:'好鞋不踏臭粪!"翠莲便道:

"姆姆休得要惹祸,这样为人做不过。尽自伯伯和
我嚷,你又走来添些言。自古妻贤夫祸少,做出事比天
来大。快快夹了里面去,窝风所在坐一坐㉑。阿姆我又
不惹你,如何将我比臭污?左右百岁也要死㉒,和你两
上做一做㉓。我若有些长和短,阎罗殿前也不放过!"

女儿听得,来到母亲房中,说道:"你是婆婆,如何不管?尽着他放泼,像甚模样?被人家笑话!"翠莲见姑娘与婆婆说,就道:

"小姑你好不贤良,便去房中唆调娘㉔。若是婆婆
打杀我,活捉你去见阎王!我爷平素性儿强,不和你们

宋元话本

善商量。和尚、道士一百个,七日七夜做道场㊵。沙板棺材罗木底㊶,公婆与我烧纸钱。小姑姆姆戴盖头㊷,伯伯替我做孝子。诸亲九眷抬灵车,出了殡儿从新起。大小衙门齐下状,拿着银子无处使,认你家献身万万贯,弄得你钱也无来人也死!"

张妈妈听得,走出来道:"早是你才来得三日的媳妇㊸,若做了二三年媳妇,我一家大小俱不要开口了!"翠莲便道:

"婆婆休要耍水性㊹,做大不尊小不敬。小姑不要恃娇幸,母亲面前少言论。訾些轻事重报㊺,老蠢听得便就信。言三语四把吾伤,说的话儿不中听。我若有些长和短,不怕婆婆不偿命!"

妈妈听了,径到房中,对员外道:"你看那新媳妇,口快如刀,一家大小,逐个个都伤过。你是个阿公,便叫将出来,说他几句,怕甚么!"员外道:"我是他公公,怎么好说他? 也罢,待我问他讨茶吃,且看怎的。"妈妈道:"他见你,一定不敢调嘴。"只见员外分付:"交张狼娘子烧中茶吃!"

那翠莲听得公公讨茶,慌忙走到厨下,刷洗锅儿,煎滚了茶,复到房中,打点各样果子,泡了一盘茶,托至堂前,摆下椅子,走到公婆面前,道:"请公公、婆婆堂前吃茶。"又到姆姆房中道:"请伯伯、姆姆堂前吃茶。"员外道:"你们只说新媳妇口快,如今我唤他,却怎地又不敢说甚?"妈妈道:"这番,只是你使唤他便了。"

少刻,一家儿俱到堂前,分大小坐下,只见翠莲捧着一盘茶,口中道:

"公吃茶,婆吃茶,伯伯、姆姆来吃茶。姑娘、小叔若要吃,灶上两碗自去拿。两个拿着慢慢走,泡了手时哭喳喳。此茶唤作阿婆茶,名实虽村趣味佳。两个初煨黄栗子,半抄新炒白芝麻㉛。江南橄榄连皮核,塞北胡桃去壳柤㉜。二位大人慢慢吃,休得坏了你们牙!"

　　员外见说，大怒曰："女人家须要温柔稳重，说话安详，方是做媳妇的道理。哪曾见这样长舌妇人！"翠莲应曰：

　　　"公是大，婆是大，伯伯、姆姆且坐下。两个老的休得骂，且听媳妇来禀话：你儿媳妇也不村，你儿媳妇也不诈。从上生来性刚直，话儿说了必无挂。公婆不必苦憎嫌，十分不然休了罢。也不愁，也不怕，搭搭凤子回去罢③。也不招④，也不嫁，不搽胭粉不妆画。上下穿件缟素衣，侍奉双亲过了罢。记得几个古贤人：张良、蒯文通说话⑤，陆贾、萧何快调文⑥，子建、杨修也不亚⑦，苏秦、张仪说六国⑧，晏婴、管仲说五霸⑨，六计陈平、李左车⑩，十二甘罗并子夏⑪。这些古人能说话，齐家治国平天下。公公要奴不说话，将我口儿缝住罢！"

　　张员外道："罢，罢，这样媳妇，久后必被败坏门风，玷辱上祖⑫！"便叫张狼曰："孩儿，你将妻子休了罢！我别替你娶一个好的。"张狼口虽庆承，心有不舍之意。张虎并妻俱劝员外道："且从容教训⑬。"翠莲听得，便曰：

　　　"公休怨，婆休怨，伯伯、姆姆都休劝。丈夫不必苦留恋，大家各自寻方便。快将纸墨和笔砚，写了休书随我便。不曾殴公婆，不曾骂亲眷，不曾欺丈夫，不曾打良善，不曾走东家，不曾西邻串，不曾偷人财，不曾被人骗，不曾说张三，不与李四乱，不盗不妒与不淫，身无恶疾能书算，亲操井臼与庖厨⑭，纺织桑麻拈针线。今朝随你写休书，搬去妆奁莫要怨⑮。手印缝中七个字：'永不相逢不见面。'恩爱绝，情意断，多写几个弘誓愿⑯。鬼门关上若相逢，别转了脸儿不厮见⑰！"

张狼因父母做主，只得含泪写了休书，两边搭了手印，随即计乘轿子，交人抬了嫁妆，将翠莲并休书送至李员外家。父母并兄嫂都埋怨翠莲嘴快的不是。翠莲道：

"爹休嚷，娘休嚷，哥哥、嫂嫂也休嚷。奴奴不是自夸奖，从小生来志气广。今日离了他门儿，是非曲直俱休讲。不是奴家牙齿痒，挑描刺绣能绩纺。大裁小剪我都会，浆洗缝联不说谎。劈柴挑水与庖厨，就有蚕儿也会养。我今年小正当时，眼明手快精神爽。若有闲人把眼观，就是巴掌脸上响。"

李员外和妈妈道："罢，罢，我两口也老了，管你不得，只怕有些一差二误，被人耻笑，可怜！可怜！"翠莲便道：

"孩儿生得命里孤，嫁了无知村丈夫。公婆厉害犹自可，怎当姆姆与姑姑？我若略略开得口，便去搬唆与舅姑㊽，且是骂人不吐核㊾，动脚动手便来拖。生出许多情切话，就写离书休了奴。止望回家图自在，岂料爹娘也怪吾。夫家、娘家着不得，剃了头发做师姑㊿。身披直裰挂葫芦㉑，手中拿个大木鱼。白日沿门化饭吃，黄昏寺里称念佛祖念南无㉒，吃斋把素用工夫。头儿剃得光光地，那个不叫一声小师姑。"

说罢，卸下浓妆，换了一套绵布衣服，向父母前合掌问讯拜别㉓，转身向哥嫂也别了。

哥嫂曰："你既要出家，我二人送你到前街明音寺去。"翠莲便道：

"哥嫂休送我自去了，去了你们得伶俐。曾见古人说得好：'此处不留有留处。'离了俗家门，便把头来剃。

是处便为家㉝，何但明音寺㉞？散旦又逍遥㉟，却不倒

伶俐！"

　　不恋荣华富贵，一心情愿出家。

　　身披一领锦袈裟㊱，常把数珠悬挂㊲。

　　每日持斋把素㊳，终朝酌水献花。

　　纵然不做得菩萨，修得个小佛儿也罢。

宋元话本

讲一讲

①　乔才：坏家伙，宋元时骂人的话。

②　端的：真的，果然。野庄家：粗野的种田汉。

③　浑家：妻子。

④　财礼：古代结婚时男方送给女方的礼品财物。茶：指订婚的聘礼。

⑤　花红：旧俗喜事礼物都簪花挂红，因称彩礼为花红。

⑥　头面：首饰。

⑦　采：扯。

⑧　网巾：用丝织成的网状的巾，古代用来裹头发。

⑨　髸（gōng）：头发松乱。又一本"四髸"作"四鬓"，指左右前后的头发。

⑩　烟花巷：指妓院的所在。

⑪　小娘儿：指妓女。

⑫　晏灯：夜灯，终夜不熄的灯。

⑬　日下：眼下，现在。

⑭　点茶：本是唐宋人煮茶的一种方法，这里有备办茶饭的

意思。

⑮ 噇（chuáng）：大吃大喝。

⑯ 完饭：宋代风俗，婚后三天，女家要送冠花、彩缎、鹅蛋、茶饼等礼物到男家，叫"送三朝礼"，也叫"完饭"。

⑰ 村天乐：又作村夫乐，即"村田乐"，粗俗鄙陋的意思。

⑱ 一迷：又作一迷地，即一味、一概的意思。

⑲ 五量店：出卖油、盐、酱、醋、酒的店铺。因为这些调味品都要用量器出售，故叫"五量店"。又一说"五"字可能是"无"字，无量店用来指酒店（用"唯酒无量"这句话的意思）。过卖：店里的堂倌。这句意思是说翠莲嘴快得像酒保一样。

⑳ 三个鼻子管：多管闲事。因现有"三个鼻子眼——多出一口气"的歇后语。一说，"管"指鼻孔，是说他气大。

㉑ 窝风所在：风吹不到的地方。

㉒ 左右：反正，横竖。

㉓ 做一做：拼一拼。

㉔ 唆（suō）调：挑拨。

㉕ 道场：旧时和尚或道士做法事的场所，也指所做的法事。

㉖ 罗木底：罗木疑是有罗纹的木材，即整木料。罗木底即整木料做成的很厚的棺材底。

㉗ 盖头：头巾。这里指的是孝服的盖头，是用三幅布做成的，也叫做"白碧绢若罗"。

㉘ 早是：幸亏。

㉙ 水性：随波逐流，没有主见。

㉚ 訾（zǐ）：诋毁，说别人坏话。这句疑脱落一字。

㉛ 半抄：半把。

㉜ 壳柤（zhā）：壳皮。柤：核桃肉仁间的障隔的物。

㉝ 凤子：本是蝴蝶的一种，这里指绣有蝴蝶的轿子。

㉞ 招：招赘丈夫。

㉟ 张良（? ～前189）：字子房，汉初人。刘帮与秦、楚作战，张良为他出谋划策，是汉代的开国元勋。蒯（kuǎi）文通：蒯彻，避汉武帝讳改为通，宋元戏曲中常作蒯文通。他是楚汉时的辩士，曾劝韩信独立，和刘邦、项羽争夺天下。

㊱ 陆贾：汉初的政治家和外交家，曾说服南越尉陀对汉称臣。萧何（? ～前193）：汉初的名相。曾为刘邦收集秦代的律令图书，又推荐韩信为将。以上四人都是擅长计谋、善于说话的人。

㊲ 子建（192～232）：曹植，字子建，曹操的儿子，博闻强记，擅长诗文，是我国著名的文学家。杨修（173～219）：三国时魏国的文人，聪明机敏，曾做曹操主簿。

㊳ 苏秦（? ～前317）：战国时有名的游说之士，曾游说六国（韩、魏、赵、齐、楚、燕）合纵搞秦。张仪（? ～前309）：战国时魏人，当时有名的策士，曾游说六国事秦。

㊴ 晏婴：晏婴是春秋时代齐国著名的政治家和外交家。管仲：春秋时齐桓公的宰相，实行富国强兵的政策。二人都是春秋时代齐国名相（管仲在前，晏婴在后）。五霸：齐桓公、晋文公、宋襄公、秦穆公、楚庄王，是春秋时期五位国君，都曾做过诸侯的领袖。

㊵ 陈平（? ～前178）：汉武阳人，最初辅佐项羽，后弃楚归汉，曾为刘邦六出奇计，帮助完成统一大业。李左车：楚汉之间的谋士，曾为韩信设计攻下齐、燕两国许多城市。

㊶ 甘罗：战国时人。传说他十二岁时就在秦相吕不韦手下做官，出使到赵国去，赵王亲自到郊外迎接，并割给秦国五个城池。子夏（前507～前400）：卜商的表字，春秋时卫国人，孔子的弟子。他和子游并列于文学科。孔子死后，他在西河教授弟子。

㊷ 玷（diàn）辱：污辱。

㊸ 从（cōng）容：慢慢地。

㊹ 亲操井臼：亲自做家务。操：操劳。井：汲水。臼：舂米。

㊺ 妆奁（lián）：嫁妆。

㊻ 多写几个弘誓愿：多赌几个狠狠的咒。弘：大。

㊼ 厮见：相见。

㊽ 舅姑：公婆。

㊾ 骂人不吐核：骂人骂得很流利，很快。是拿吃东西吃得很快来比拟。

㊿ 师姑：出家的妇女。这里当“尼姑”解。

(51) 直裰（duó）：和尚、道士穿的宽大长袍。

(52) 南无（nà mǒ）：印度语，发愿相信的意思。

(53) 问讯：出家人向人合掌行礼叫问讯。

(54) 是处：无论什么地方。

(55) 何但：何只。

(56) 散旦：一作散淡，即舒散，自由自在。

(57) 袈裟：和尚穿的法衣。

(58) 数珠：念佛珠。

(59) 持斋：佛家语，不吃肉叫持斋。

 帮你读

　　在中国封建社会里，妇女处在社会的最底层，她们所受的压迫最深，因而反抗的要求也就最强烈。在宋元话本小说中，表现妇女反抗封建压迫，特别是反抗封建礼教的作品为数不少，这《快嘴李翠莲记》就是其中独树一帜、极富特色的一篇，它为我们塑造了一个热爱自由、渴求解放，不愿受封建礼教任何束缚的极具叛逆性格的女主人公形象。这一人物体现了封建社会的广大妇女要求个性自由、要求平等解放的理想和愿望，闪烁着民主主义的思想光辉。

　　李翠莲从本质上说，是一个封建礼教的大胆叛逆者。所以尽管她勤劳能干，聪明美丽，但只因"从小生得有志气"，养成性格开朗，作风泼辣，直口快语，毫无顾忌的性格，对来自各方面的压力，以眼还眼，以牙还牙，毫不退让，结果便不被封建社会所容，结婚只三天，就被"休"回娘家，回娘家后又被迫出家为尼。之所以会如此，就因为她身上这种强烈的独立性和斗争性是直接与封建礼教相抵触的。在我国漫长的封建社会中，政权、族权、神权和夫权沉重地束缚和压抑着广大妇女，使她们完全处于从属于男性的地位，成为家务劳动的奴仆和生儿育女的工具，不仅无权参与社会活动，而且在家里也还要敛声收气，静默柔顺，这才是应有的"妇德"；提倡这种"妇德"完全是为了维护以男权为中心的封建秩序。李翠莲勇敢地站出来向传统的封建观念挑战。她能说会道，"口快如刀"，并不认为这是自己的什么罪过，而是自认为这是值得称道的才能，因此当公公责备她是"长舌妇

人"时,她却大胆地抗议说:"记得几个古贤人:张良、蒯通说话,陆贾、萧何快调文,子建、杨修也不亚,苏秦、张仪说六国,晏婴、管仲说五霸,六计陈平、李左车,十二甘罗并子夏。这些古人能说话,齐家治国平天下。"她一口气举出这一连串古代长于口才的名人来为自己辩护:男子长于口才能为人所尊崇,为什么女子就只能缄口不言呢? 这说明李翠莲在心目中是有男女平等合理要求和独立见解的。更为可贵的是,尽管她是妇女,却偏要和古时的贤人相比,这在封建时代,可真是大胆妄为了。这说明李翠莲已不甘心再做男人的附属品,已经有了要追求自身独立价值的民主意识的萌芽。因此父母劝告她,她不在意;公公憎厌她,她就公然宣称"公公要奴不说话,将我口儿缝住罢!"按照李翠莲的境遇,只要她肯于做出让步,不多开口,本来有条件过比较优裕的生活;她本人临嫁时在家堂、祖宗面前的祷词,也表示了她对婚后幸福生活的热切向往。可是当她面临再不慎言少语就要被夫家休弃的矛盾时,却仍然不肯说半句退让的话,她一方面理直气壮地申辩自己无被出的过错,另一方面断然表示:既然你们容不得我,那么就"快将纸墨和笔砚,写了休书随我便。"今后是"永不相逢不见面","鬼门关上若相逢,别转了脸儿不厮见!"铮铮誓言,掷地有声,何等大胆,何等刚强! 固然,当时李翠莲认为自己还有一条退路,就是回到娘家,过一辈子独身生活:"也不招,也不嫁,不搽脂粉不妆画。上下穿件缟素衣,侍奉双亲过了罢。"没想到回到娘家也要受埋怨,落到"夫家娘家着不得"的地步。李翠莲不甘心逆来顺受,毅然选择了"剃了头发做师姑"的出路,这是走投无路的道路,无家可归的归宿。她的宁愿皈依佛教,就因为佛教徒在生活方式上倒是可以不受封建礼教限制的。

宋元话本

她的出家,也和《红楼梦》里的贾宝玉一样,是与尘世的决裂,是对世俗的反抗,是对封建礼教的大胆叛逆!

李翠莲自始至终坚持维护自己的人格尊严,追求个性的自由和自身的独立价值,对于外界的压力,宁折不弯,以实际的行动向压制女性的封建礼教提出了强烈的抗议。这种抗议不再局限于女性在恋爱婚姻范围内所作的斗争,而是提出了男女平等,女性也有敢想敢说的精神生活的权利和自身的独立价值,明显地表现了广大妇女民主意识的较为深刻的觉醒。封建社会发展到后期,与社会发展相抵触的传统势力必然要遭到愈来愈强烈的冲击,李翠莲的形象,从一个方面体现了这种冲击力量,其历史意义是不容忽视的。

但是,李翠莲的形象也有些明显的局限和缺陷。

李翠莲在话本中的身份是员外的女儿,称得起"员外",自然有一定的财势,而不是属于劳动者的阶层。所以在李翠莲的身上,自然带有她那个时代、那个阶层的人物所必然具有的不足之处。比如她很看重财势。她对父母为自己定下的婚事表示满意,因为她的未婚夫是"人人说道好女婿:有财、有宝、又豪贵;又聪明,又伶俐,双六、象棋通六艺;吟得诗,做得对,经商买卖诸般会。"她对未来生活的希望是"金珠无数,米麦成仓",还要"奴仆敬重";她责备媒婆,不是因为别的,只是怨怪她当初说婆家如何富贵的话,实际上是言不符实,这些地方,都体现了人物身上的历史局限性,这种局限性是必然的,是符合人物的身份地位和历史的真实的。

另外,作者在创作时,为了取得"人前一笑声"的效果,有些地方,片面地迎合小市民的庸俗趣味,许多描写,夸张失实。如描写女主人公的能言快语，有时却夸张得失分寸，让人觉得她有些蛮不讲理，出口伤人。作者为了表现女主人公的心性刚强，大胆泼辣，却写她骂走媒婆，打走撒帐先生，丈夫对她的行为表示不满，她宣称："若还恼了我心儿，连你一顿赶出去"，又命丈夫夜里睡觉要"束着脚，拳着腿，……若还蹬着我点儿，那时你就是个死！"这简直是几近撒泼了。尤其是临离家前，新娘子李翠莲在家堂、祖宗面前祝祷，期望婚后诸事如意，最后竟然说出这样的话："不上三年之内，死得一家干净，家财都是我掌管，那时翠莲快活几年！"这种极端自私的自白，无疑只能引起读者的反感了。作品中的这些败笔，无疑损害了女主人公形象的完整性，致使李翠莲成为一个分裂的形象，影响了思想主题的严肃性和积极意义。可见，作品艺术上的失误，是会影响到作品的思想性的。

当然，这篇话本小说从总体上看，不仅在思想内容上有其民主性的精华，就是在艺术上，也有许多值得称道之处。比如：整篇故事取材很集中，只以李翠莲结婚前后三天事件便概括了她的一生，人品、才情、性格、结局，都鲜明地展现在读者面前。叙事也很简洁，依次出场的人物，一开口便各具个性，一经粉墨登场，人人妍媸毕现。通篇以唱为主，说白在文中对故事情节的发展只起串联过渡的作用，这是本篇特点。所唱的韵文，生动明快，泼辣粗犷，风格隽爽可喜。这些都显示了宋元民间文学的特色。这一特殊的题材，对后代"顺口溜"、"板话"、"快板"等民间文学的发展，影响巨大。

简帖僧巧骗皇甫妻

（《古今小说》）

白苧轻衫入嫩凉①，春蚕食叶响长廊。
禹门已准桃花浪②，月殿先收桂子香。
鹏北海，凤朝阳，又携书剑路茫茫。
明知此日登云去，却笑人间举子忙。

长安京北有一座县③，唤做咸阳县，离长安四十五里。一个官人，复姓宇文④，名绶，离了咸阳县，来长安赶试，一连三番试不遇。有个浑家王氏，见丈夫试不中归来，把复姓为题，做一个词儿嘲笑丈夫，名唤做《望江南》⑤，词道是：

　　公孙恨，端木笔俱收。枉念西门分手处，闻人寄信
　　约深秋。拓拔泪交流。　　宇文弃，闷驾独孤舟。不
　　望手勾龙虎榜⑥，慕容颜好一齐休。甘分守闾丘⑦。

那王氏意不尽，看着丈夫，又做四句诗儿：

　　良人得意负奇才，何事年年被放回？
　　君面从今羞妾面，此番归后夜间来。

宇文解元从此发愤道⑧："试不中，定是不回。"到得来年，一举成名了，只有长安住，不肯归去。

浑家王氏，见丈夫不归，理会得，道："我曾作诗嘲他，可知道

不归。"修一封书，叫当直王吉来⑨，"你与我将这书去四十五里，把与官人。"书中前面略叙寒暄，后面做只词儿，名唤《南柯子》⑩，词道：

> 鹊喜噪晨树，灯开半夜花，果然音信到天涯，报道玉郎登第出说华。　　旧恨消眉黛，新欢上脸霞。从前都是误疑他，将谓经年狂荡不归家。

这词后面，又写四句诗道：

> 长安此去无多地，郁郁葱葱佳气浮。
> 良人得意正年少，今夜醉眠何处楼？

宇文绶接得书，展开看，读了词，看罢诗，道："你前回做诗，教我从今归后夜间来；我今试遇了，却要我回！"就旅邸中取出文房四宝，做了只曲儿，唤做《踏莎行》⑪：

> 足蹑云梯，手攀仙桂，姓名高挂登科记⑫。马前喝道状元来，金鞍玉勒成行缀。　　宴罢归来，恣游花市，此时方显平生志。修书速报凤楼人⑬。这回好个风流婿。

做毕这词，取张花笺，折叠成书，待要写了付与浑家。正研墨，觉得手重，惹翻砚，水滴儿打湿了纸⑭。再把一张纸折叠了，写成一封家书，付与当直王吉，教吩咐家中孺人⑮："我今在长安试遇了，到夜了归来。急去传与孺人，不到夜我不归来。"王吉接得书，唱了喏，四十五里田地，直到家中。

话里且说宇文绶发了这封家书，当日天晚，客店中无甚的事，便去睡。方才朦胧睡着，梦见归去，到咸阳县家中，见当直王吉在门前一壁脱下草鞋洗脚⑯。宇文绶问道："王吉，你早归了？"再四问他不应。宇文绶焦躁，抬起头来看时，见浑家王氏，把着

宋元话本

蜡烛入去房里。宇文绶赶上来,叫:"孺人,我归了。"浑家不睬他。又说一声,浑家又不睬。宇文绶不知身是梦里,随浑家入房去,看这王氏放烛在卓子上,取早间这一封书,头上取下金篦儿⑰,一剔剔开封皮看时,却是一幅白纸。浑家含笑,就烛下把起笔来,于白纸上写了四句:

> 碧纱窗下启缄封,一纸从头彻底空。
>
> 知汝欲归情意切,相思尽在不言中。

写毕,换个封皮,再来封了。那浑家把金篦儿去剔那烛烬,一剔剔在宇文绶脸上,吃了一惊,撒然睡觉⑱,却在客店里床上睡,烛犹未灭。卓子上看时,果然错封了一幅白纸归去,取一幅纸写这四句诗。到得明日早饭后,王吉把那封回书来,拆开看时,里面写着四句诗,便是夜来城见那浑家做的一般。当便安排行李,即时回家去。

这便唤做"错封书",下来说的便是"错下书"。有个官人,夫妻两口儿,正在家坐地,一个人送封简帖儿来,与他浑家。只因这封简帖儿,变出一本跷蹊作怪的小说来,正是:

> 尘随马足何年尽?事系人心早晚休。

有《鹧鸪天》词一首,单道着佳人:

> 淡画眉儿斜插梳,不欢拈弄绣工夫。云窗雾阁深深处,静拂云笺学草书。　　多艳丽,更清姝。神姝。神仙标格世间无⑲。当时只说梅花似,细看梅花却不如。

东京汴州开封府枣槊巷里⑳,有个官人,复姓皇甫,单名松,本身是左班殿直㉑。年二十六岁,有个妻子杨氏,年二十四岁。一个十三岁的丫鬟,名唤迎儿。只这三口,别无亲戚。当时皇甫殿直官差去押衣袄上边㉒,回来是年节了。

这枣槊巷口一个小小的茶坊，开茶坊的唤做王二。当日茶市已罢，已是日中，只见一个官人入来。那官人生得：

浓眉毛，大眼睛，蹶鼻子，略绰口[23]。头上裹一顶高样大桶子头巾，着一领大宽袖斜襟褶子[24]，下面衬贴衣裳，甜鞋净袜[25]。

入来茶坊里坐下。开茶坊的王二拿着茶盏，进前唱喏奉茶。那官人接茶吃罢，看着王二道："少借这里等个人。"王二道："不妨。"等多时，只见一个男女，名叫僧儿[26]，托个盘儿，口中叫卖鹌鹑馉饳儿[27]。官人把手打招，叫"买馉饳儿。"僧儿见叫，托盘儿入茶坊内，放在卓上，将条蔑黄穿那馉饳儿[28]，捏些盐放在官人面前，道："官人，吃馉饳儿。"官人道："我吃，先烦你一件事。"僧儿道："不知要做什么？"那官人指着枣槊巷里第四家，问僧儿："认得这人家么？"僧儿道："认得，那里是皇甫殿直家里。殿直押衣袄上边，方才回家。"官人问道："他家有几口？"僧儿道："只是殿直，一个小娘子，一个小养娘。"官人道："你认得那小娘子也不？"僧儿道："小娘子寻常不出帘儿外面，有时叫僧儿买馉饳儿，常去认得，问她做甚么？"官人去腰里取下版金线篋儿，抖下五十来钱，安在僧儿盘子里。僧儿见了，可煞喜欢，叉手不离方寸[29]："告官人，有何使令？"官人道："我相烦你则个。"袖中取出一张白纸，包着一对落索环儿[30]，两只短金钗子，一个简帖儿，付与僧儿，道："这三件物事，烦你送去适间问的小娘子。你见殿直，不要送与他。见小娘子时，你只道官人再三传语，将这三件物来小娘子，万望笑留。你便去，我只在这里等你回报。"那僧儿接了三件物事，把盘子寄在皇甫殿直门前，把青竹帘掀起，探一探。当时皇甫殿直正在前面交椅上坐地[31]，只见卖馉饳儿的小厮掀起帘子，猖猖狂狂㉜，探了一探，便走。皇甫殿直看着那厮㉝，震威一喝，便是：

当阳桥上张飞勇，一喝曹公百万兵㉞。

喝那厮一声，问道："做什么？"那厮不顾便走㉟。皇甫殿直拽开脚，两步赶上，捽那厮回来㊱，问道："甚意思，看我一看了便走？"那厮道："一个官人，教我把三件物事与小娘子，不教把来与你。"殿直问道："什么物事？"那厮道："你莫问，不要把与你。"皇甫殿直捻得拳头没缝，去顶门上屑那厮一暴㊲，道："好好地把出来教我看！"那厮吃了一暴，只得怀里取出一个纸裹儿，口里兀自道："教我把与小娘子，又不教把与你，你却打我则甚？"皇殿直劈手夺了纸包儿，打开看，里面一对落索环儿，一双短金钗，一个简帖儿。皇甫殿直接得三件物事，拆开简帖，看时：

某惶恐再拜，上启小娘子妆前：即日孟春初时，恭惟懿处起居万福㊳。某外日荷蒙持杯之款，深切仰思，未尝少替㊴。某偶以薄干，不及亲诣，聊有小词，名《诉衷情》，以代面禀，伏乞懿览㊵。

词道是：

知伊夫婿上边回，懊恼碎情怀。落索环儿一对，简子与金钗。伊收取，莫疑猜，且开怀。自从别后，孤帏冷落，独守书斋。

皇甫殿直看了简帖儿，劈开睚下眼，咬碎口中牙。问僧儿道："谁教你把来？"僧儿用手指着巷口王二哥茶坊里道："有个粗眉毛、大眼睛、蹶鼻子、略绰口的官人，教我把来与小娘子，不教我把与你。"皇甫殿直一只手捽住僧儿狗毛，出这枣槊巷，径奔王二哥茶坊前来。僧儿指着茶坊道："恰才在这里面打的床铺上坐地的官人,教我把来与小娘子,又不教把与你,你却要我!"皇甫殿直见茶坊没人,骂声:"鬼话!"再揪僧儿回来,不由开茶坊的王二分说。

当时到家里,殿直把门来关上,掠来掠了⑪,吓得僧儿战做一团⑫。殿直从里面叫出二十四岁花枝也似浑家出来,道:"你且看这件物事!"那小娘子又不知上件因依⑬。去交椅上坐地。殿直把那科帖儿和两件物事度与浑家看⑭。那妇人看着简帖儿上言语,也没理会处⑮。殿直道:"你见我三个月日押衣袄上边,不知和甚人在家中吃酒?"小娘子道:"我和你从小夫妻,你去后,何曾有人和我吃酒?"殿直道:"既没人,这三件物从哪里来?"小娘子道:"我怎知?"殿直左手指,右手举,一个漏风掌打将去。小娘子则叫得一声,掩着面,哭将入去。皇甫殿直再叫将十三岁迎儿出来,去壁上取下一把箭簳子竹来⑯,放在地上,叫过迎儿来。看着迎儿,生得:

短胳膊,琵琶腿,劈得柴,打得水,会吃饭,能窝屎。

皇甫松去衣架上到下一条绦来⑰,把妮子缚了两只手,掉过屋梁去,直下打一抽⑱,吊将妮子起去。拿起箭簳子竹来,问那妮子道:"不曾有人。"皇甫殿直拿起箭簳子竹,去妮子腿下便揪,揪得妮子杀猪也似叫。又问又打,那妮子吃不得打,口中道出一句来:"三个月殿直出去,小娘子夜夜和个人睡。"皇甫殿直道:"好也!"放妮子来,解了绦,道:"你且来,我问你,是和兀谁睡⑲?"那妮子揩着眼泪道:"告殿直,实不敢相瞒,自从殿直出去后小娘子夜夜和个人睡,不是别人,却是和迎儿睡。"皇甫殿直道:"这妮子,却不弄我!"喝将过去。带一管锁,走出门去,拽上那门,把锁锁了。走去转弯巷口,叫将四个人来,是本地方所由⑳,如今叫做

"连手"，又叫做"巡军"。张千、李万、董超、薛霸四人，来到门前，用钥匙开了锁，推了门。从里面扯出卖馉饳的僧儿来，道："烦上名收领这厮㉛。"四人道："父母官使令，领台旨。"殿直道："未要去，还有人哩。"从里面叫出十三岁的迎儿，和二十四岁的花枝的浑家，道："和她都领去。"四人喝喏道："告父母官，小人怎敢收领孺人？"殿直发怒道："你们不敢领她，这件事干人命㉜。"吓倒四人所由，只得领小娘子和迎儿并卖馉饳的僧儿三个同去，解到开封钱大尹厅下。

　　皇甫殿直就厅下唱了大尹喏，把那简帖儿呈复了。钱大尹看罢，即时教押下一个所属去处，叫将山前行山定来㉝。当时山定承了这件文字，叫僧儿问时，应道："则个茶坊里见了粗眉毛、大眼睛、蹶鼻子、略绰口的官人，他把这封简子来与小娘子，打杀也只是恁地供招！"问这迎儿，迎儿道："即不曾有人来同小娘子吃酒，亦不知付简帖儿来的是何人，打杀也只是恁地供招！"却待问小娘子，小娘子道："自从少年夫妻，都无一个亲戚往来；只有夫妻二人，亦不知把简帖儿的是何等人。"山前行山定看着小娘子，生得恁地瘦弱，怎禁得打勘㉞？怎地讯问她？从里面交拐将过来两个狱卒㉟，押出一个罪人来，看这罪人时：

　　　　面长皴轮骨，胲生渗癞腮㊱。

　　　　犹如行病鬼。到处降人灾。

这罪人原是个强盗头儿，绰号"静山大王"。小娘子见这罪人，把两只手掩着面，哪里敢开眼。山前行喝着狱卒道："还不与我施行！"狱卒把枷梢一纽㊲，枷梢在上，罪人头向下，拿起把荆子来㊳，打得杀猪也似叫。山前行问道："你曾杀人也不曾？"静山大王应道："曾杀人！"又问："曾放火不曾？"应道："曾放火！"教两个狱卒

把静山大王押入牢里去。山前行回转头来，看着小娘子道："你
见静山大王，吃不得几杖子，杀人放火都认了。小娘子，你有事，
只好供招了。你却如何吃得这般杖子?"小娘子簌地两行泪下，
道："告前行，到这里隐讳不得。觅幅纸和笔，只得与他供招。"小
娘子供道："自从小年夫妻，都无一个亲戚来往，即不知把简帖儿
来的是甚色样人。如今看待儿吃甚罪名⑤，皆出赐大尹笔下。"
便怎么说⑥，五回三次问她，供说得一同。

似此三日，山前行正在州衙门前立，倒断不下。猛抬头看时，却见皇甫殿直在面前相揖，问及这件事，"如何三日理会这件事不下⑩？莫是接了寄简帖的人钱物，故意不与决这件公事？"山前行听到，道："殿直如今台意要如何⑫？"皇甫松道："只是要休离了。"当日山前行入州衙里，到晚衙，把这件文字呈上了钱大尹。大尹叫将皇甫殿直来，当厅问道："捉贼见赃，捉奸见双，又无证见，如何断得罪？"皇甫松告钱大尹："松如今不愿同妻子归去，情愿当官休了。"大尹台判：听从夫便。殿直自归。僧儿、迎儿喝出，各自归去，只有小娘子见丈夫不要她，把她休了，哭出州衙门来，口中自道："丈夫又不要我，又没一个亲戚投奔，教我哪里安身？不若我自寻个死休。"至天汉州桥⑬，看着金水银堤汴河⑭，恰待要跳将下去。则见后面一个人，把小娘子衣裳一捽捽住。回转头看时，恰是一个婆婆，生得：

眉分两道雪，鬓挽一窝丝。眼昏一似秋水微浑，发白不若楚山云淡。

婆婆道："孩儿，你却没事寻死做甚么？你认得我也不？"小娘子道："不识婆婆。"婆婆道："我是你姑姑，自从你嫁了老公，我家寒，攀陪你不着，到今不来往。我前日听得你与丈夫官司，我日逐在这里伺候。今日听得道休离了，你要投水做甚么？"小娘子道："我上无片瓦，下无立锥，丈夫又不要我，又无亲戚投奔，不死更待何时！"婆婆道："如今且同你去姑姑家里，看后如何。"妇女自思量道："这婆子知她是我姑姑也不是，我如今没投奔处，且只得随她去了，却再理会。"即时随这姑姑家去看时，家里莫甚么活计，却好一个房舍，也有粉青帐儿，有交椅、卓全凳之类。

在这姑姑家里过了两三日，当日方才吃罢饭，则听得外面一个官人,高声大气叫道:"婆子,你把我物事去卖了,如何不把钱来还?"那婆子听得叫,失张失志⑥,出去迎接来叫的官人,请入来坐地。小娘子着眼看时,见入来的人:

> 粗眉毛,大眼睛,蹶鼻子,略绰口。头上裹一顶高样大桶子头巾,着一领大宽袖斜襟褶子,下面衬贴衣裳,甜鞋净袜。

小娘子见了,口喻心,心喻口,道:"好似那僧儿说的寄简帖儿官人。"只见官人入来,便坐在凳子上,大惊小怪道:"婆子,你把我三百贯钱物事去卖了,今经一个月日,不把钱来还。"婆子道:"物事自卖在人头,未得钱。支得时,即便付还官人。"官人道:"寻常交关钱物东西⑥,何尝挨许多日了?讨得时,千万送来。"官人说了自去。婆子入来,看着小娘子,簌地两行泪下,道:"却是怎好?"小娘子问道:"有什么事?"婆子道:"这官人原是蔡州通判姓洪⑰,如今不做官,却卖些珠翠头面⑱。前日一件物事教我把去卖,吃人交加了⑲,到如今没这钱还他,怪他焦躁不得。他前日央我一件事,我又不曾与他干得。"小娘子问道:"却是甚么事?"婆子道:"教我讨个细人⑳,要生得好的,若得一个似小娘子模样去嫁与他,那官人必喜欢。小娘子你如今在这里,老公又不要你,终不然罢了?不若听姑姑合,你去嫁了这官人,你终身不致耽误,挈带姑姑也有个倚靠,不知你意如何?"小娘子沉吟半晌,不得已,只得依允。婆子去回复了。不一日,这官人娶小娘子来家,成其夫妇。

逡巡过了一年㉑,当年是正月初一日。皇甫殿直自从休了浑家,在家中无好况㉒。正是:

> 时间风火性,烧了岁寒心。

141

自思量道："每年正月初一日，夫妻两个，双双地上本州大相国寺里烧香。我今年却独自一个，不知我浑家哪里去了？"簌地两行泪下，闷闷不已。只得勉强着一领紫罗衫，手里把着银香盒，来大相国寺里烧香。到寺中烧了香，恰待出寺门，只见一个官人领着一个妇女。看那官人时，粗眉毛，大眼睛，蹶鼻子，略绰口；领着的妇女，却便是他浑家。当时丈夫看着浑家，浑家又觑着丈夫，两个四目相视，只是不敢言语。那官人同妇女两个入大相国寺里去。皇甫松在这山门头正沉吟间，见一个打香油钱的行者⑬，正在那里打香油钱。看见这两人入去，口里道："你害得我苦，你这汉，如今却在这里！"大踏步赶入寺来。皇甫殿直见行者赶这两人，当时呼住行者道："五戒⑭，你莫待要赶这两个人去？"那行者道："便是。说不得，我受这汉苦，到今抬头不起，只是为他。"皇甫殿直道："你认得这个妇女么？"行者道："不识。"殿直道："便是我的浑家。"行者问："如何却随着他？"皇甫殿直把送简帖儿和休离的上件事，对行者说了一遍。行者道："却是怎地！⑮"行者却问皇甫殿直："官人认得这个人么？"殿直道："不认得。"行者道："这汉原是州东墦台寺里一个和尚，苦行便是墦台寺里行得⑯。我这本师，却是墦台寺里监院⑰，手头有百十钱，剃度这厮做小师⑱。一年以前时，这厮偷了本师二百两银器，逃走了，累我吃了好些拷打。如今赶出寺来，没讨饭吃处。罪过这大相国寺里知寺厮认⑲，留苦行在此间打化香油钱。今日撞见这厮，却怎地休得！"方才说罢，只见这和尚将着他浑家，从寺廊下出来。行者牵衣拔步，却待去摔这厮。皇甫殿直扯住行者，闪那身已在山门一壁⑳，道："且不要摔他，我和你尾这厮去，看哪里着落，却与他官司。"两个后地尾将来。

　　话分两头。且说那妇人见了丈夫，眼泪汪汪，入去大相国寺里烧了香出来。这汉一路上却问这妇人道："小娘子，如何你见了丈夫便眼泪出？我不容易得你来，我当初从你门前过，见你在帘子下立地，见你生得好，有心在你处。今日得你做夫妻，也非同容易。"两个说来说去，恰到家中门前。入门去，那妇人问道："当初这个简帖儿，却是兀谁把来？"这汉道："好教你得知，便是我教卖馉饳的僧儿把来你的。你丈夫中了我计，真个便把你休了。"妇人听得说，摔住那汉，叫声屈，不知高低。那汉见那妇人叫将起来，却慌了，就把只手去赶着她脖项⑧，指望坏她性命。外面皇甫殿直和行者尾着他。两人来到门首，见他们入去，听得里面大惊小怪，抢将入去时，见赶着他浑家，挣挫性命⑧。皇甫殿直和这行者两个，即时把这汉来捉了，解到开封府钱大尹厅下。这钱大尹是谁？

　　　　出则壮士携鞭，入则佳人捧臂，世世靮踪不断，子
　　孙出入金门⑧。他是两浙钱王子，吴越国王孙⑧。

　　大尹升厅，把这件事解到厅下。皇甫殿直和这浑家，把前面说过的话，对钱大尹历历从头说了一遍。钱大尹大怒，教左右索长枷把和尚枷了。当厅讯一百腿花⑧，押下左司理院⑧，教尽情根勘这件公事。勘正了。皇甫松责领浑家归去，再成夫妻；行者当厅给赏。和尚大情小节，一一都认了：不合设谋奸骗，后来又不合谋害这妇人性命。准《杂犯》断⑧，合重杖处死；这婆子不合假妆姑姑，同谋不首，亦合编管邻州⑧。当日推出这和尚来，一个书会先生看见⑧，就法场上做了一只曲儿，唤做《南乡子》⑧：

　　　　怎见一僧人，犯滥铺摸受典刑⑨。案款已成招状
　　了，遭刑，棒杀髡囚示万民⑨。　　　沿路众人听，犹念高

宋元话本

王观世音⑧。护法喜神齐合掌,低声,果谓金刚不坏身。

讲一讲

小说原载《清平山堂话本》,题目为《简帖和尚》,标题下原注:"亦名《胡姑姑》,又名《错下书》。"《宝文堂书》、《也是园书目》等也都著录了此篇。冯梦龙《古今小说》卷三五收此篇时,改题为《简帖僧巧骗皇甫妻》。本篇标题及文字均根据冯梦龙的《古今小说》。

① 白苎(zhù):一种细白的麻布。苎:茎皮纤维可供纺织的一种草本植物,即苎麻。

② 禹门:即龙门,黄河流经于此,水流湍急,两岸山崖壁立,状如阙门,传说大禹导河时所凿,在今山西省河津县西北。准:观望。

③ 长安京北有一座县:《清平山堂话本》作"大国长安一座县"。

④ 官人:宋元人对男子的尊称、泛称,不论其是否做官。又,女子对丈夫,奴婢对主人,亦称"官人"。复姓:两个字的姓叫复姓。

⑤《望江南》:词调名。

⑥ 手勾龙虎榜:指考中进士。勾:俗语,取。龙虎榜:进士榜。唐贞元八年(792年)陆贽任主考官时,录取了韩愈、欧阳詹、李观、李绛等人,这些人都是当时杰出的人才,因此当时称为"龙虎榜"。

⑦ 阊丘:本为复姓,这里取其字面的意思。阊:阊里。这阅

宋元话本

词每句都隐含着一个复姓:公孙、端木、西门、闻人、拓拔、宇文、独孤、勾龙、慕容、闾丘。

⑧ 解元:宋元时对读书士子的敬称。明代始称乡试第一名为解元。

⑨ 当直:原意是值班,指在官府当差的人,这里指仆人。直,通"值"。

⑩《南柯子》:词调名。

⑪《踏莎行》:词调名。

⑫ 蹑(niè):踏。登科记:新科进士的名册。

⑬ 凤楼:原为春秋时秦穆公女儿弄玉居处,后世遂用以称女子居处。

⑭ 惹翻:打翻。水滴儿:贮水供磨墨用的文具,上有小孔滴水。

⑮ 孺人:古代大夫的妻子称孺人。宋代用为通直郎以上官员的母亲或妻子的封号,明清七品官之妻例称孺人,旧时也通用为对妇女的尊称。

⑯ 一壁:一边。

⑰ 金篦儿:古代妇女的头饰,用以掠发。

⑱ 撒然睡觉:猛然醒来。

⑲ 标格:风度。

⑳ 东京:宋代设东西南北四京,以都城汴梁(今河南省开封市)为东京,陪都河南府(今河南省洛阳市)为西京,应天府(今河南省商邱县)为南京,大名府(今河北省大名县)为北京。枣槊巷:即枣豖子巷,在北宋东京城内东北角。巷中有单雄信墓,墓上有枣树。

㉑ 左班殿直：宋代在宫廷里供役使的武职官。

㉒ 押衣袄上边：押送军服去边境。上：去。

㉓ 蹶鼻子：即"撅鼻子"。撅：翘起。略绰口：大嘴巴。

㉔ 褶（zhě）子：夹衣。

㉕ 甜鞋净袜：干净鞋袜。

㉖ 男女：宋元明时对地位低下人的称呼，也可作地位低下人的自称及对别人的蔑称。僧儿：宋元时迷信，怕幼儿不能养大，常寄名于佛寺，或取小名"僧儿"以祈禳之。

㉗ 馉饳（gǔ cuò）儿：当时一种面制的小食品。

㉘ 蔑黄：竹篾条。

㉙ 可煞：也作"可杀"。表示疑问代词，即可是。叉手不离方寸：拱手当胸，表示恭敬。叉手：拱手；方寸：原指心，此谓胸前。

㉚ 落索：即络索。络：缠绕。

㉛ 交椅：有靠背的坐具。

㉜ 小厮：犹言"小子"，指男孩。猖猖狂狂：慌慌张张。

㉝ 那厮：对人的蔑称，犹言"那家伙"。

㉞ 当阳桥上张飞勇，一喝曹公百万兵：三国故事，刘备在长坂被曹操战败，曹兵追到当阳桥，见张飞立马桥上，又见树林后尘土飞扬，疑有伏兵，不敢前进。张飞在马上大喝，曹兵惊惧，倒退数里。

㉟ 不顾：不回头。

㊱ 捽（zuó）：揪。

㊲ 捻（niē）：捏，握。屑一暴：用指骨在头上凿一下。屑：也可作"削"，方言，打、凿的意思；一暴：一个"暴栗"，用指骨敲击头部而形成肿块。

㊳ 恭惟懿处起居万福：问候的意思。恭惟：亦作"恭维"，谦辞。懿，旧时用以称美妇女之辞。起居：问候安否之言。

㊴ 未尝少替：表示曾稍有改变。

㊵ 薄干：轻微小事，谦辞。亲诣：亲自拜访。《诉衷情》：词调名。伏乞：恭请，谦辞。

㊶ 捩（shuān）来捩了：捩是擐的俗字，前一个捩是名词，门闩之意，后一个捩是动词，拴上之意。意即把门闩拴上了。

㊷ 战：发抖。

㊸ 因依：前因后果，来龙去脉。

㊹ 度与：递给。

㊺ 理会：知道，知晓。

㊻ 箭簜（liào）子竹：竹子的一种，叶阔大如箬，干细，质地坚韧，可用来制造箭杆，所以叫箭簜子竹。

㊼ 绦（tāo）：带子。

㊽ 直下：向下。打一抽：拉一下。

㊾ 兀谁：谁，"兀"为发语词。

㊿ 所由：古代称主管官吏为"所由官"，简称"所由"，谓事必经由其手，唐以后多指地方小吏或差役。这里指官府负责地方治安的公吏。

51 上名：宋代对巡军、公吏等人的尊称。

52 干：关涉。

53 前行：唐、宋时代宣徽院置前行三人，和都勾押官、勾押官及后行十二人分掌四案。四案是兵案、骑案、仓案、胄案。

54 打勘：拷问。

55 狱卒：看管监狱的丁役。

宋元话本

㊄ 胲（gǎi）：颊上肉。渗癞：疙疙瘩瘩，丑恶难看。

㊇ 枷梢：古代给犯人戴的枷板。

㊈ 荆：古代用荆条做成的刑杖。荆：灌木名。

㊉ 侍儿：婢女，这里指妇女的自称。

⑩ 恁么：同"恁地"，如此，这样。

㉑ 理会：处理，决定。

㉒ 台意：你的意思。台：旧时对人的尊称。

㉓ 天汉州桥：即天汉桥，俗称州桥，是东京汴河上的桥。

㉔ 汴河：横贯东京的一条河。东流到泗州入淮河。

㉕ 失张失志：慌慌张张。

㉖ 交关：交易。这里当作"介绍"解释。

㉗ 蔡州：今河南省汝南县。通判：官名，和知府、知州共同治理地方上的政务，凡民、兵、钱谷、狱讼等事都由他裁决。

㉘ 头面：妇女头上饰物的总称。

㉙ 交加：侵扰，引申为侵吞。

㉚ 细人：原指年轻的侍女、侍妾，这里指老婆。

㉛ 逡巡过了一年：挨过了一年。逡巡是勉强前进的意思。

㉜ 无好况：这里指没有好心情，心绪不佳。

㉝ 打香油钱：向施主募化香油钱。寺院供佛以香油点灯，故借此为理由敛取布施。行者：指在寺服杂役而没有剃发出家者。

㉞ 五戒：原指佛教的五条戒条，《大乘义章》卷："言五戒者，所谓不杀、不盗、不邪淫、不妄（语）、不饮酒，是其五戒也。"此处用作对行者的一种称呼。

㉟ 怎地：疑是"恁地"的讹误。

㊱ 苦行："头陀"为佛教苦行之一，据《十二头陀经》等，共有

十二条有关衣、食、住的规定,按这个规定,修行的叫"修头陀行者",民间以"头陀"称行者,故这里行者以"苦行"自称。

⑦ 监院:佛教丛林中总管内部一切事务者的职称,地位仅在方丈之下。

⑧ 剃度:佛教信徒把头发剃去,接受戒条的一种仪式。佛教认为剃发出家是超度生死之因,故名。这里指的是和尚收徒弟,并给他落发。小师:受戒不满十年的和尚。

⑨ 罪过:对别人给自己的帮助或礼貌表示不敢承受的谦词。知寺:寺院里管理事务僧人的职称。厮认:相认。厮:相。

⑧ 闪那:闪挪。一壁:一边。

⑧ 尅:连卡带掐的一种动作。

⑧ 挣挫:挣扎。

⑧ 金门:宫门。汉代未央宫前面有铜马,称未央宫门为金马门,简称金门。

⑧ 两浙钱王子两句:五代时钱镠曾拥有两浙十三州之地,称吴越王。后代纳土归宋。钱氏的后代有三人(钱明逸、钱藻、钱勰)曾任开封府尹,这里的钱大尹为其中之一,故称其为"王子"、"王孙"。

⑧ 腿花:旧时一种刑罚,用木棒打腿。

⑧ 司理:司理参军,宋代州郡长官的属吏,主管狱讼,元废。

⑧ 《杂犯》:古代法典中的篇名,是法典的补遗,错综驳杂,难作专门分类,所以叫《杂犯》,也叫《杂犯律》或《杂律》。

⑧ 编管:宋代一种处置罪犯的形式,即流放到指定地点受拘管。编管邻州:指把犯人送到邻近的州县里管制。

⑧ 书会先生:书会是宋元戏曲小说作者共同组织的团社;先

生,是对书会中成员的尊称。

⑩《南乡子》:词调名。

⑨ 犯滥铺摸:作奸犯科之意。

⑨ 髡(kūn)囚:这里指和尚。髡,本为古代一种剃去头发的刑罚。

⑨ 高王观世音:佛教认为,凡尊之则曰:"王",王而再加尊称则曰:"高王",佛经中有《高王观世音经》。

帮你读

　　这篇小说写的是封建社会城市生活中一件常有的设局谋骗的事。开封墦台寺的一个流氓和尚,垂涎于左班殿直皇甫松的年轻妻子杨氏的美貌,于是设下巧计用匿名书信挑拨离间,造成她丈夫的误会。皇甫松认为他妻子与别人私通,便不问青红皂白地把她送官追究,问官颟顸、徇情,单凭皇甫松的一面之词,对杨氏威吓逼供,最后又依从皇甫松的意见,让他把妻子休了。杨氏蒙冤受屈,走投无路,只能去投河寻死,却不想被一个自称是杨氏姑姑的老婆婆搭救。后在老婆婆的安排之下,无家可归的杨氏迫不得已嫁给了那个陷害她的奸僧。当然最后是恶迹败露,奸僧被"重杖处死"。小说的情节并不十分曲折复杂,它只是沿着一个普通妇女被暗算、被冤屈、被损害的线索而展开,却把封建社会中邪恶势力的横暴,官吏的昏聩冷酷和妇女地位的卑下、命运的可怜,暴露得非常深刻、生动。正是在那样一个官官相护和夫权独尊的社会里,奸僧那并不怎么高明的诡计才能得逞,杨氏在无可申诉的冤屈之下,只能一步步走向人家安排好的圈套。我们除了痛恨那个流氓和尚的奸诈和皇甫松的残酷之外，也不得不愤慨问官钱大尹的昏庸无能。在宋元话本小说中，《简帖僧巧骗皇甫妻》不失为一篇具有相当的思想性和认识价值的较好作品。

一般来说，优秀的话本小说故事性都很强，完整紧凑，有头有尾，生动曲折，引人入胜。这些特点，在这篇话本小说中表现得就很突出。故事从奸僧的出场行骗开始，到阴谋的败露、奸僧的伏法结束。虽然说话人一开头就说出一个"官人"托卖馉饳儿的小厮僧儿送简帖给杨氏小娘子，但却并没有讲明白他是什么人，为什么要这样做，这就在读者心中留下一个很强的悬念，产生了一种很强的吸引力，使读者急于要往下看，知道个究竟。直到杨氏被丈夫"当官休了"，寄居假姑姑家中，"官人"又来以索钱要挟，假姑姑顺势撮合，才让读者看清楚，原来简帖事件是一连串精心挽就的连环套，可怜的杨氏终究身罹陷阱，被那"官人"骗占到手。但是，即便到此，人们对于那个"浓眉毛，大眼睛，蹶鼻子，略绰口"的"官人"的底细，仍旧迷茫不解。直到最后，"官人"被大相国寺一个"打香油钱的行者"撞见，才彻底暴露了他的"庐山真面目"。原来这家伙本是墦台寺的一个和尚，因偷了寺里"监院"老和尚二百两银器，出逃在外，恶性难改，见色起意，设谋奸骗。这里采用了追叙的手法，从旁观者的角度看，完全符合情节发展的逻辑。全篇小说，作者采用的是层层剥笋式的写法，通过娓娓动人的故事和扣人心弦的悬念，把读者的注意力紧紧吸引住，然后一步一步地把奸僧"犯滥铺摸"的罪恶帷幕渐渐拉开。整个小说情节的发展过程，也就是奸僧的歹徒面目逐渐暴露的过程。而随着奸僧意图、面目的揭开，读者疑团的消释，小说就戛然而止了。这样的结构情节，虽说是"说话"艺人的惯用手法，但作者在这篇小说里，没有用什么惊人之笔，只是自然、平实地写来，毫无故弄玄虚的痕迹，而又能简练、谨严、引人入胜，确实表现了相当成熟的艺术技巧。

单有好的故事并不一定就能构成好的小说，因为故事是由人物的活动和相互关系构成的，而如何讲述故事和刻画人物又体现着作者对生活的认识和评价。这篇小说不仅叙述了一个引人入胜的故事，而且还通过故事生动自然地表现了人物的思想性格，刻画出栩栩如生的人物形象。而在这些人物身上也表现了丰富深刻的社会内容，表现出作者对社会生活具有一定思想深度的认识与分析。

这篇小说中，那个奸僧的形象是很惹人注目的，虽然着墨不多，但性格却很突出。作者有意把奸僧写得藏头露尾，时隐时现，无形中渲染了这个邪恶人物的奸险特性。特别值得注意的是，作者从开始到故事结束前，都没有清楚地揭示出奸僧的身份、意图，只是随着故事情节的发展，作者一次又一次地不断揭示这个奸僧的相貌特点："浓眉毛，大眼睛，蹶鼻子，略绰口。"这虽是粗线条的外貌勾勒，但却像电影中的特写镜头一样，前后五次复现，使它像一个笼罩全篇的幽灵一样，给读者的印象一次比一次深刻。而这个鬼蜮般人物的阴险邪恶的神情，也就不写自见。这样，一个狡狯毒辣，工于心计的奸僧形象，便赫然呈现在读者面前。

在小说中，这个流氓和尚不仅奸险狡诈，作恶多端，而且还肆无忌惮，无视王法。他本是偷了"监院"长老二百两银器而出逃在外的和尚，但却并不藏形敛迹，而是又公然设谋奸骗朝廷武官的妻子，全不把官府放在眼里，在光天化日之下他竟敢领着骗来的浑家大摇大摆地逛游大相国寺。从中也可见封建官府的腐败无能。在宋元话本中出现这种恶僧、淫僧的形象，绝不是偶然的，而是有其深刻的社会原因。宋代统治者大力提倡佛教，大批鬻卖度牒，僧侣人数激增。于是在唐五代高级僧侣早已成为残暴的封建统治阶级、僧侣阵营早已大批地藏污纳垢的原有基础上，混入了更多的社会渣滓——游民、恶棍、盗贼以至杀人犯，他们以丛林为逋逃薮，度牒作护身符，明目张胆地作奸犯科，宿娼、蓄妾以及诱骗良家妇女的丑闻秽事层出不穷。文学是社会生活的反映，于是在宋元话本以及后来的拟话本小说中，便大量增添了描写恶僧、淫僧的题材，本篇便是最早开拓这一题材的小说。它的意义不仅在于揭示了封建僧侣的罪恶，而且也从另一个侧面揭露了封建统治者的黑暗无能和统治阶级的腐朽堕落。

皇甫松的形象，也是相当鲜明、生动的。这是一个粗暴鲁莽的武夫，且满脑子的封建夫权观念。他头脑简单，却又疑心极重。他和杨氏是"从小夫妻"，不能说是毫无感情，但一当遇到似乎是损害他大丈夫尊严的事情时，他就翻脸无情，暴跳如雷，不问青红皂白地死死认定妻子与人有私。审问和毒打妻子，显得是那样自私冷酷，拷问小丫环迎儿，更表现了他的凶暴残忍。其实，那奸僧的计谋并非十分高明，如果他遇事能稍微冷静对待，便不至演绎这幕辱妻破家的悲剧了。所以皇甫松是奸僧计谋的受害者，又是这场家庭悲剧的制造者之一。

杨氏的形象看起来比较软弱。她无端遭受陷害，却只能逆来顺受，忍气吞声，不敢据理力争。这种软弱，固然是她性格上的弱点，但更反映了在封建社会中一般妇女的地位低下。我们

的弱点，但更反映了在封建社会中一般妇女的地位低下。我们看小说中的杨氏，在家庭中没有独立的经济地位，只是丈夫的附属品，所以她一旦被丈夫休弃，便走投无路，无法存活，只能去跳汴河"寻个死休"。这样的女性，在封建社会中是不乏其人的，所以杨氏的形象，虽然缺少反抗的光彩，表现极其平庸，但还是有相当代表性的，它揭示了封建社会中妇女无法独立自主，只能是受侮辱和被损害者的悲惨命运。

宋元话本

话本知识简介

　　所谓"话本"，原是说话艺人传习技艺时所用的底本。最初这类东西都比较简略粗陋，后来出于群众阅读的需要，一些书商和落魄的书会才人便在这类"话本"的基础上，进行加工润色，把它们变成了可供阅读的书面文学作品。

　　宋代又有所谓的"说话四家"，即"小说"、"讲史"、"说经"、"合生"。四家说话人所用的底本，自然都是"话本"，但在内容和体制上又有一些区别。我们这本《宋元话本》，实际上只是"小说"家的"话本"，我们只是依照今人的习惯称之为"话本"或"话本小说"而已。所以这里我们只对"小说"的体制作一点补充介绍。

　　宋元"小说话本"都包括有散文和韵文两部分，这是由于原来的"说话"一般都是有说有唱的原因。散文用作讲述，韵文用来演唱。小说话本沿袭了这种形式。在作品中，散文主要是用来敷衍故事，除《快嘴李翠莲记》这类少数作品外，大多数小说话本，都是以散文为主，占去作品的绝大部分篇幅。作品中的韵文部分往往是用来写景状物、描绘人物、烘托气氛，或者直接抒发作者的思想感情，起承上启下的作用。小说话本前，大都有一个"入话"，或叫"得胜头回"，"笑耍头回"，有的是诗词，有的是短小的故事，内容多与正文相近或相反。也有少数"入话"与正文内容无关。"入话"的由来，是当初"说话"艺人在开讲正文以前，先讲唱一个小段，或等待听众，或镇静书场，或造成气氛，增强效果。一般来说，"小说"的篇幅都比较短小，但也有的小说话本由于故事较长，便分成几次来讲，如本书中的《崔待诏生死冤家》就留有分成两回讲的痕迹。分几回讲的，大都是在故事情节发展的紧要关节处突然煞住，留下悬念，以便吸引听众继续听下去。小说话本的结尾多为诗词，用以总括全篇，并明确道出作者的创作意图。有些话本的最后还有"话本说彻，权作散场"这样的文字，所谓"散场"可能是用乐器演奏一支曲子以送客的意思吧。